⊗ | SAUERLÄNDER

Uticha Marmon wurde 1979 in Berlin geboren. Sie studierte Dramaturgie, Vergleichende Literaturwissenschaft und Pädagogik und hat danach am Theater und in Verlagen gearbeitet. Heute lebt sie in Hamburg und arbeitet freiberuflich als Dramaturgin, Lektorin und Autorin. Ihr Kinderbuch »Mein Freund Salim« über einen syrischen Flüchtlingsjungen wurde 2016 mit dem Leipziger Lesekompass ausgezeichnet.

Weitere Informationen zum Kinder- und Jugendbuchprogramm der S. Fischer Verlage finden sich auf www.fischerverlage.de

UTICHA MARMON

Das stumme Haus

豢 | SAUERLÄNDER

Aus Verantwortung für die Umwelt hat sich der Fischer Kinder- und Jugendbuch Verlag zu einer nachhaltigen Buchproduktion verpflichtet. Der bewusste Umgang mit unseren Ressourcen, der Schutz unseres Klimas und der Natur gehören zu unseren obersten Unternehmenszielen.

Gemeinsam mit unseren Partnern und Lieferanten setzen wir uns für eine klimaneutrale Buchproduktion ein, die den Erwerb von Klimazertifikaten zur Kompensation des CO_2-Ausstoßes einschließt.

Weitere Informationen finden Sie unter: www.klimaneutralerverlag.de

2. Auflage: Juni 2021

Originalausgabe
Erschienen bei FISCHER Sauerländer

© 2021 Fischer Kinder- und Jugendbuch Verlag GmbH,
Hedderichstraße 114, D-60596 Frankfurt am Main

Umschlaggestaltung: Norbert Blommel, MT-Vreden, unter Mitarbeit
von Dahlhaus & Blommel Media Design, Vreden
Umschlagillustration und Titelschriftzug: Regina Kehn
Satz: Pinkuin Satz und Datentechnik, Berlin
Druck und Bindung: CPI books GmbH, Leck
Printed in Germany
ISBN 978-3-7373-5825-5

Bevor diese Geschichte beginnt

Ist euch schon mal ein lebendig gewordenes Marshmallow begegnet, gepaart mit einer grünen Seifenblase? Nein?

Seht mich an. Ich bin genau das.

Und habt ihr schon mal versucht, in diesem Aufzug einen Einbrecher dingfest zu machen? Nein, habt ihr nicht, schon klar. Ich auch nicht. Aber genau das ist der Plan. Kein guter, wie sich gerade herausstellt.

»Virus, bist du da?«, knistert Ninis Stimme aus dem Funkgerät.

Nicht so laut. Das hört man ja noch drei Straßen weiter. Aber ich komme leider nicht an den Knopf, um Nini leiser zu drehen. Die Seifenblase, ihr wisst schon.

»Virus 1, hier ist, äh, auch Virus 1«, plärrt Nini noch mal. »Bitte kommen!«

Witzig.

Diese ganze Sache war die dümmste Idee der Welt. Selbst wenn wir den Einbrecher heute Nacht enttarnen – nur für den Fall, dass er taub und bei Ninis Geplärre nicht schon längst über alle Berge ist: Wie soll ich ihn denn so verfolgen? Die Seifenblase ist mal das eine. Der Marshmallow-Anzug das andere. Aber das ist echt noch nicht alles. Bevor ich rennen kann, muss ich erst mal aufstehen. Und das gelingt mir leider nicht. Es ist nicht zu glauben. Vor kurzem bin ich noch schwerelos in der Ewigkeit herumgeschwebt, und jetzt liege ich hier auf dem Rücken und zapple wie ein umgekippter Käfer. Vor zehn Minuten habe ich es wenigstens geschafft, mich vom Bauch in diese Position zu rollen. Ich dachte, das wäre schlau. War es nicht. So herum ist die ganze Sache noch viel unbequemer und aussichtsloser.

»Nikosch! Mann, wo bist du?!«, ruft Nini aus dem Lautsprecher.

Ich würde meine Schwester zu gerne fragen, wo zum Geier *sie* ist. Aber das Funkgerät liegt irgendwo unter meinem Po, also unter dem Gummiball, in dem ich stecke. Gleich bei meiner Brille. Wie die beiden da hingekommen sind?

Bevor ich euch das erzähle, müsst ihr erst noch ein paar andere Sachen wissen.

Erstens: Wir wohnen im Kaninchenbau. Wir, das sind Mama, Papa, Natti, die eigentlich Natalja heißt, der Zwerg, der noch in Mamas Bauch ist und darum keinen Namen außer Zwerg hat, meine mir total unähnliche Zwillingsschwester Nini, die eigentlich Nina heißt, und ich, Nikosch. Ich heiße eigentlich Nikolai. Nikolai Wolkow.

Denkt nicht, das hier wird so eine Phantasiegeschichte,

in der wir alle Tiere sind und ihr am Ende was gelernt habt über euch oder die Welt. Nein, das hier ist echt. So echt, dass mir ein bisschen Phantasie gerade ganz lieb wäre. Aber man bekommt eben nicht immer, was man sich wünscht, richtig? Der Kaninchenbau ist darum jedenfalls kein Erdloch. Das ist unser Haus. Den Namen habe aber nicht ich erfunden und auch Nini nicht, obwohl das gut sein könnte. Das Haus wird irgendwie schon immer so genannt. Es war mal als Schimpfwort gedacht, weil hier auf fünf Stockwerken so viele Leute leben, dass man echt den Überblick verlieren kann.

Aber alle wohnen gerne hier. Darum nennen wir unser Haus auch selbst den Kaninchenbau. Kaninchen sind doch auch ganz niedlich, oder? Ihr sagt aber nicht weiter, dass ich das finde! Ehrenwort?! Das könnte ernsthaft meinen Ruf gefährden.

Manchmal ist es bei uns ziemlich laut, weil die Wohnungen für die meisten Familien zu klein sind. Darum stehen immer ein paar Wohnungstüren offen, und es sitzt irgendwer auf den Stufen oder im Hinterhof, unterhält sich oder telefoniert. Manche kommen auch einfach in den Hof, um die Sonne zu sehen. Irgendwer hat mal einen großen Stapel Plastikstühle gekauft. Die stehen kreuz und quer im Hof, aber man weiß immer, wer zuletzt mit wem zusammensaß. Man erkennt es an ganz winzigen Dingen: eine Kaffeetasse, die neben einem Stuhl vergessen wurde. Ein Sitzkissen.

Ein roter Nagellackkratzer. So was eben. Aber sie erzählen einem ziemlich viel über die Bewohner des Kaninchenbaus.

Zum Beispiel dass Banu Shirvani, die Mutter von Ajas aus dem Erdgeschoss, immer Schlappen mit schwarzen Sohlen trägt. Die haben an fast allen Stuhlbeinen schon Striemen hinterlassen. Oder dass Oma sich jeden Morgen ein Butterbrot mit Erdbeermarmelade schmiert, um es im Hof zu essen. Ihren Lieblingsplatz erkennt man daran, dass die Armlehnen klebrig sind. Der rote Nagellack stammt von Frau Lehnhardt, die im ersten Stock wohnt. Die Lehnhardts sind zu viert. Wenn man nur die Menschen zählt. Sie haben auch noch zwei Katzen und einen Dackel. Und einen Hamster in dritter Generation. Die ersten beiden Nager haben sich mit den Katzen nicht verstanden. Bei den Lehnhardts müsst ihr eigentlich nur Jan kennen und vielleicht noch seine Schwester Lena.

Die ganzen bunten Kleckse auf den Stühlen stammen von Severina, Alex und Leonora. Die wohnen im dritten Stock. Alex ist der Cousin von Leo und Sevi, und alle drei können richtig gut malen. Die werden bestimmt mal Graffiti-Sprayer. Im vierten wohnen keine Kinder. Da sind Oma und Opa Stein, die Großeltern von Alex, Sevi und Leo. Die heißen aber nur Oma und Opa. Sie sind so jung, dass man sie garantiert nicht für Großeltern halten würde, wenn man es nicht genau wüsste. Neben Oma und Opa Stein wohnen noch andere Steins. Auch lauter Cousinen und Cousins, allerdings von Oma Stein, nicht von Alex, Sevi und Leo.

Es gibt auch vier Wohngemeinschaften im Haus mit Studenten. Die wechseln aber so oft, dass man da wirklich keinen Überblick behalten kann. Und dann sind da noch Steffi und Rieke, ganz unten neben den Shirvanis, die sind neu eingezogen und kriegen, wie wir, bald ein Baby. Unten wohnen auch noch die Meiers, Siggi und Gerlinde. Die haben eine Tochter, aber sie ist schon lange ausgezogen. Dann gibt es noch die Yilmaz' im dritten Stock. Die haben auch Zwillinge – noch ganz winzige.

Ein anderer Nachbar, den man den Innenhofstühlen auch ansieht, ist Ralf. Ralf wohnt zur Untermiete bei Oma und Opa. Sonst hätten sie sich ihre Wohnung im ersten Stock neben den Lehnhardts nicht mehr leisten können. Weil die Miete teurer geworden ist. Was seltsam ist, weil sich sonst im Kaninchenbau nichts verändert hat. Jedenfalls hat sich Opa eines Morgens zur Universität aufgemacht. Er hat dazu ein Hemd angezogen und seine besten Schuhe. Sogar die Krawatte. In der Uni hat er einen Zettel aufgehängt. Und schon zwei Tage später ging die Schlange der Studenten, die sich das Zimmer ansehen wollten, einmal um den Block. Warum sich Oma und Opa für Ralf entschieden haben, weiß ich nicht. Vielleicht weil er es nicht seltsam fand, dass er in ihrem Schlafzimmer wohnen sollte. Natürlich haben

Oma und Opa ihr Bett rausgeräumt, als Ralf eingezogen ist. Aber der Kleiderschrank ist fest an der Wand, den mussten sie drin lassen. Jetzt holt Ralf seine Kleider jeden Morgen aus der Einbauschrankwand im Wohnzimmer und Oma und Opa ihre aus dem Schrank in Ralfs Zimmer. Aber das klappt gut, Ralfs Kleider stören sich nicht daran, im Wohnzimmer zu liegen.

Ich finde Ralf irgendwie unheimlich. Nini und Paula auch. Ganz blass und dünn ist er, und er guckt immer schrecklich ernst. Alle paar Sekunden schiebt er seine Brille zurück auf die Nase, was aussichtslos ist, weil sie gleich wieder runterrutscht. Und er starrt immer so seltsam vor sich hin. Also, da sind wir uns einig. Mit Ralf stimmt was nicht.

Leider sind wir die Einzigen im Kaninchenbau, die das so sehen. Alle anderen fliegen auf ihn. Weil Ralf ihnen bei all den komplizierten Briefen hilft, die sie nicht verstehen. Meistens sind es welche vom Amt. So offizielle, wisst ihr? Wichtige Post, in der steht, dass man was Bestimmtes tun muss, und zwar sofort, sonst kostet es Geld. Meistens ist das jedenfalls so. Für Ralf sind die aber ein Klacks. Er studiert Jura. Da hat er den ganzen Tag mit Sätzen zu tun, die wie ein Geheimcode klingen. Zum Beispiel so was wie »Die Wohnung ist unverletzlich«. Das hat Ralf neulich mal zu Kamran gesagt. Warum der das wissen wollte? Keine Ahnung. Wer Kamran ist, erzähle ich euch später. Und warum sich eine Wohnung nicht verletzen kann? Das dürft ihr

10

mich nicht fragen. Geheimcode. Sag ich doch. Im Übrigen sehe ich das seit neuestem auch anders.

Die Plastikstühle im Hof verraten jedenfalls immer durch Kaffeeflecken, dass Ralf auf ihnen gesessen hat. Er trinkt eine Unmenge davon, wenn er hier draußen über seinen Büchern und den Briefen sitzt. Manchmal machen Nini, Paula und ich auch draußen Hausaufgaben. Das zeigen die Tintenflecken auf den Sitzflächen. Noch öfter als im Hof sitzen wir zum Hausaufgabenmachen allerdings im Treppenhaus. Zumindest im Frühling, im Herbst und natürlich im Winter. Vor unserer Wohnungstür steht ein kleiner Tisch. Den benutzt Mama, wenn sie frei hat, für ihren Kaffeeklatsch mit Vicky und Neneh, der Mutter von Ebo aus dem zweiten Stock. Vicky wohnt nebenan und ist die Mutter von Paula. Und die ist Ninis beste Freundin. Meine auch. Wobei auch Ebo und Ajas nah dran sind, meine besten Freunde zu sein.

Das sind übrigens immer noch nicht alle. Im zweiten Stock wohnen auch noch Çilgins. Das sind Mehtap und Filiz mit ihren Eltern.

Neneh sagt über uns Kinder im Haus immer, wir würden summen und brummen wie die Bienen. Das ist nicht ganz verkehrt. Irgendwie sind wir eher ein Bienenstock als ein Kaninchenbau. Aber Bienen eignen sich wohl nicht so gut für ein Schimpfwort, weil doch jeder weiß, dass Bienen wichtig sind.

Jedenfalls habt ihr jetzt eine Ahnung davon, wie viel bei uns los ist. Jeder kennt jeden, und einmal im Jahr haben wir sogar ein Fest, bei dem dann das ganze Treppenhaus ein einziges riesiges Buffet ist. Alle machen mit, bis auf Herrn Friedrich. Der kann niemanden im Kaninchenbau leiden. Aber das macht nichts. Wir mögen ihn auch nicht besonders.

Eines steht fest: Wer findet dass »Kaninchenbau« wirklich ein Schimpfwort ist, der hat sicher nie einen Fuß hier reingesetzt.

Oh, oh! Das war jetzt ganz schön viel, was? Ihr seid verwirrt wegen der ganzen Namen? Keine Sorge, da gewöhnt ihr euch schon dran. Hab ich ja auch.

Der Tag, an dem die Luft wie immer roch
und trotzdem alles anfing

Es war ein stinknormaler Tag, an dem es damit losging.
Womit es losging?
Immer langsam, ich komme ja gleich dazu.
Also. Es war ein ganz normaler Tag. Und das an sich ist
schon seltsam. Man denkt doch immer, wenn sich alles
verändert, müsste man das merken. Vielleicht weil die Luft
anders riecht oder so. Aber das stimmt nicht. Jedenfalls
bei uns nicht. Die Luft im Kaninchenbau roch wie immer:
nach Essen, dem Parfüm von Opa Stein, verschwitzten
Turnschuhen und auch ein bisschen nach nassem Hund
und Kuchen.
»Nini, deine Sporttasche!«, rief Mama uns hinterher. Wir
hatten uns gerade auf den Weg zur Schule gemacht. Papa
war schon kurz vorher losgegangen. Wie immer hatte er einen letzten Blick in den Spiegel geworfen und gesagt: »Man
weiß nie, was der Tag so bringt.« Damit meinte er, dass er
mal wieder sehr gut angezogen war. Papa findet, man muss
jeden Tag so angezogen sein, dass man für alles bereit ist.
Ich denke das auch, darum trage ich fast jeden Tag ein coo-

les Comic-Shirt. Papa findet das genau richtig. Mama eher nicht so. Aber ich habe so viele davon, was soll sie sagen?

»Wirf!« Nini blieb stehen und streckte die Arme aus. Mama verdrehte die Augen, aber sie warf die Tasche über das Treppengeländer zu uns herunter. Wir waren schon auf halbem Weg in den vierten Stock. Nini fing die Tasche mit einer Hand, und weiter ging es.

Weil wir ganz oben im Kaninchenbau wohnen, müssen wir 97 Stufen hinter uns bringen, bis wir aus dem Haus raus sind. 19 Stufen pro Stockwerk. Nur zwischen dem vierten und dem fünften Stock sind es zwei mehr. Warum das so ist? Keine Ahnung, ehrlich! Es sind 21 Wohnungen, an denen wir auf dem Weg nach unten vorbeikommen. Paulas gleich neben unserer ist die erste. Die, in der Ajas und seine Familie wohnen, die letzte ganz unten im Erdgeschoss.

»He! Wartet auf mich!«, rief Paula. Sie schlüpfte oben vor ihrer Wohnung in die Schuhe und rannte uns nach.

»Guten Morgen, Paula«, hörten wir Mama sagen.

»Hallo, Katinka!«, rief Paula und polterte die Treppe hinunter.

Nini und ich waren schon im dritten Stock, als Paula uns einholte.

Ich klopfte an die Türen von Alex, Leo und Sevi.

»Wir können«, sagte ich dann zu Nini. Sie schwang sich aufs Treppengeländer. Paula und ich machten es ihr nach, und wir rutschten die nächsten 19 Stufen runter in den

14

zweiten Stock, was Mama niemals sehen darf, und ihr auch nicht nachmachen solltet, wenn ihr nicht wirklich gut darin seid! Paula klingelte bei den Abioyes und Nini bei den Çilgins.

»Na endlich!«, rief Ebo, als er die Tür aufriss. Hinter ihm in der Wohnung stritten sich seine kleinen Brüder. Filiz und Mehtap waren auch schon fertig. Wir waren echt spät dran heute. Unten hörten wir Jan und Lena zur Tür rauskommen. Auch Sevi, Alex und Leo holten gerade zu uns auf. Laut wie eine Gerölllawine rollten alle nach unten. Nur ich nicht. Wegen Frau Kirchner. Die wohnt auch im zweiten Stock und immer, wenn morgens die Schullawine losbricht, guckt Frau Kirchner zur Tür raus, um uns einen schönen Tag zu wünschen und danach Herrn Friedrich zu beruhigen, der neben den Çilgins wohnt und sich jeden Morgen über den Lärm aufregt. Meistens drückt sie einem von uns dann eine zugeknotete Supermarkttüte in die Hand, damit wir sie mit runternehmen. In Supermarkttüten verpackt Frau Kirchner ihren Müll. Sie ist nicht mehr so gut zu Fuß und geht nur noch raus, wenn irgendein Kaninchen Zeit hat, mit ihr spazieren zu gehen. Eigentlich ist alles nicht mehr so gut bei ihr. Nur ihre Gedanken, die rasen noch immer durch ihren Kopf, als wären sie auf der Flucht, sagt sie immer. Den Müll nehmen sie aber natürlich nicht mit.

Wegen Frau Kirchner also machte ich auch an diesem Morgen langsamer, obwohl ich eigentlich keine Zeit hatte.

Aber sie steckte nicht den Kopf raus. Dafür ging, wie jeden Morgen, die Tür von Herrn Friedrich auf. Schnell machte ich, dass ich wegkam.

»Frau Kirchner war nicht da«, bemerkte ich, als ich die anderen eingeholt hatte. Ich musste es ihnen sagen, einfach weil es anders als sonst war.

»Dann hat bestimmt schon jemand vor uns den Müll mitgenommen.« Paula zuckte die Schultern.

»Kann sein«, sagte ich. Trotzdem kam es mir seltsam vor, dass sie uns nicht guten Morgen gesagt hatte. »Ob sie krank ist?«

»Sie hat bestimmt bloß verschlafen«, sagte Nini. »Und jetzt hör auf zu trödeln. Oder hast du Lust auf eine Standpauke vom Tanzer?«

Hatte ich nicht. Der Tanzer ist unser Klassenlehrer und zu allem Überfluss auch noch für Mathe zuständig. Und er hat mich auf dem Kieker. Weil er niemanden mag, der Mathe nicht kapiert. Und ich bin wohl der allergrößte Mathe-Nicht-Kapierer von allen. Ja, darin bin ich echt gut. Ansonsten fällt mir nicht so viel ein, worin ich gut bin. Jedenfalls nichts, was wir in der Schule lernen. Ich war also auch ohne den Tanzer nicht scharf darauf, zu spät zu kommen. Ihr kennt das vielleicht. Falls nicht, kläre ich euch gerne auf. Zuspätkommen zieht bei einem wie mir immer ein großes Drama nach sich. Erst in der Schule und dann zu Hause, wenn Mama und Papa wieder mal einen Anruf kriegen.

Ich legte einen Zahn zu, um nicht zurückzufallen.

»Hallo«, murmelte Ajas müde, als wir ihn im Erdgeschoss überholten. Ajas kommt wirklich jeden Morgen zu spät. Er geht in unsere Parallelklasse, zusammen mit Ebo und Jan, aber dass er immer zu spät kommt, wissen Nini, Paula und ich trotzdem. Im Kaninchenbau bleibt nichts geheim. Schon gar nicht eine Klassenlehrerin, die persönlich vorbeikommt, weil nie jemand ans Telefon geht. Kann ja auch keiner rangehen. Die Shirvanis haben gar kein Telefon.

»Los, Ajas. Beeil dich!«, rief Paula ihm zu. Ajas nickte. Sonst passierte nichts. Jedenfalls nichts in der Art, dass er schneller wurde oder so.

»Na gut«, sagte Nini ungeduldig. »Bis später.«

Wir verließen das Haus und rannten die Straße runter. Unsere Gruppe wurde immer größer, weil auch alle Kinder aus den Nachbarhäusern sich auf den Weg machten.

Gegenüber auf der anderen Straßenseite stand ein Lastwagen mit lauter Kartons davor.

»Sieh an, ein neuer Nachbar«, rief Nini.

»Ach, den verschluckt das Weiße Loch doch sowieso gleich wieder«, meinte Paula.

Die Weißen Löcher. Diesen Namen haben wir den Häusern auf der anderen Straßenseite gegeben. Sie sind nagelneu und schneeweiß, sehen aus wie einzelne Klötzchen, und allesamt haben sie dunkle Fenster in den weißen Wänden, hinter denen man nie jemanden sieht. Dass zumindest in zweien davon schon Leute wohnten, war bis zu diesem Tag nur an den beiden teuren Autos zu erkennen, die davor parkten. Einen größeren Gegensatz als die Weißen Löcher kann es zu den Häusern auf unserer Straßenseite gar nicht geben. Früher war dort eine Wiese, die nie gemäht wurde und auf der es viel Gehölz und Gestrüpp gab, in dem man sich verstecken konnte. Unser Spielplatz. Hier haben wir mit allen Kindern aus der Nachbarschaft gespielt. Und jetzt bauen sie mehr und mehr von diesen Klötzen, in die wohl immer nur eine einzige Person einzieht. Dabei hätten da locker zwei Familien drin Platz. Und selbst die würden sich wahrscheinlich aus den Augen verlieren.

Wie lange man da wohl bräuchte, um vom Bett zum Frühstückstisch zu kommen?

»Guckt genau hin«, rief ich Nini und Paula zu. »Die Kisten sind das Einzige, das wir jemals von unserem Nachbarn zu Gesicht kriegen werden.«

Lachend rannten wir weiter. Als wir in der Schule ankamen, schwärmten wir Kaninchen in unterschiedliche Richtungen auseinander. In letzter Sekunde vor dem Klingeln schlitterten Paula, Nini und ich in unser Klassenzimmer. Vom Tanzer war noch weit und breit nichts zu sehen.

Wieder was, was heute nicht stimmt, dachte ich, weil der Tanzer sonst immer überpünktlich ist. Aber dann vergaß ich diesen Gedanken sofort wieder, weil stattdessen Frau Niemann, unsere Englischlehrerin, hereinkam. Sie schloss die Tür, stellte sich vors Lehrerpult und guckte uns nachdenklich an. Überlegte sie, wann sie uns schon mal gesehen hatte? Falls ja, erinnerte sie sich wohl plötzlich daran, dass das erst gestern gewesen war, als sie uns diesen fiesen Überraschungstest reingedrückt hatte.

»Guten Morgen«, sagte sie ernst. Alles klar, der Test war in die Hose gegangen.

»Guten Mooorgen«, murmelten ein paar von uns zurück. Frau Niemann, die sonst immer darauf besteht, dass wir sie ordentlich begrüßen, nickte.

Auch seltsam, schoss es mir durch den Kopf. Schon die dritte Sache. Dabei war der Tag noch gar nicht so alt.

»Also, ihr Lieben, Herr Tanzer ist leider krank«, erklärte Frau Niemann endlich, warum sie hier war. »Ich werde ihn vorerst vertreten.«

Nini vor mir schnappte nach Luft, und Paula neben ihr verschluckte sich, weil sie gerade etwas getrunken hatte. Sie fing schrecklich an zu husten, was ihr einen sehr merkwürdigen Blick von Frau Niemann einbrachte.

»Paula, fühlst du dich nicht gut?«, fragte sie und ging sofort zum Fenster, um frische Luft reinzulassen.

»Ich … doch, alles bestens«, röchelte Paula. Frau Niemann hatte anscheinend Mühe, ihr das zu glauben. Sie blieb am Fenster stehen und fächelte frische Luft in Paulas Richtung. Dabei machte sie den Mund auf und zu wie ein Fisch. Um zu kapieren, wie seltsam das war, müsst ihr wissen, dass Paula, Nini und ich gleich bei der Tür sitzen und die Fenster auf der anderen Seite des Raums sind. Glaubte Frau Niemann wirklich, dass irgendwas von ihrem Gefächele bei Paula ankam? Und warum schnappte sie selbst so seltsam nach Luft? Es dauerte ein bisschen, aber irgendwann beruhigte sie sich. Dann gab sie uns erst mal den Test zurück. Ich fand meine Vier ganz gut. Vier heißt doch »ausreichend«. Also ist alles in Ordnung, oder? Aber Frau Niemann sah das natürlich nicht so. Ninis Eins minus war ihr allerdings auch nicht gut genug.

»Nina, du bist so ein kluges Mädchen. Wenn du dich nur mal etwas mehr anstrengen würdest …«, sagte sie und hielt Ninis Heft fest, obwohl Nini schon längst danach gegriffen hatte. So zerrten sie beide an dem armen Heft, bis Nini endlich »Ja« sagte, damit Frau Niemann losließ. Da fällt einem doch echt nichts mehr ein. Eine Eins minus! Mal ehrlich!

Wir hatten dann noch Sport und Deutsch und Musik. Weil es ein Mittwoch war, hatten wir wenigstens nachmittags frei. Nini, Paula und ich machten uns auf den Heimweg. Ajas und alle anderen Kinder aus dem Kaninchenbau essen in der Schule. Auch die meisten aus den Nachbarhäusern bleiben zum Mittagessen dort. Ein Glück, dass ich das nicht muss, weil Oma und Opa für uns kochen. Auch noch in der Schule essen. Wie hält man das denn aus?

Wir marschierten also nach Hause. Der Lastwagen war weg.

»Wollen wir noch mal bei Frau Kirchner vorbeigucken?«, fragte ich die Mädchen, als wir im Treppenhaus waren. Nini und Paula waren sofort einverstanden.

»Hallo, Frau Çilgin!«, riefen wir im Chor, als wir in den ersten Stock kamen. Frau Çilgin putzte gerade die Treppe. Sie ist so was wie unsere Hausmeisterin. Wenn irgendwo im Kaninchenbau was kaputt ist, muss man nur bei ihr klingeln, und sie zückt den Schraubenzieher. In null Komma nichts funktioniert alles wieder.

»Selam, Kinder«, flötete Frau Çilgin. Sie hat immer gute Laune, und das, obwohl sie fünf Stockwerke putzen muss. »Später gibt's Lokum, kommt vorbei.«

»Machen wir, Frau Çilgin!«, rief Paula. Frau Çilgins Lokum mögen alle im Haus. Lokum kennt ihr nicht? Klar, das habt ihr bestimmt schon mal gesehen. Das sind diese bunten Geleewürfel. Meistens sind da Kokosraspeln drum rum. Lecker, kann ich euch sagen!

Im zweiten Stock klingelte Nini bei Frau Kirchner. Wir warteten.

»Sie sitzt sicher auf ihrem Sofa«, sagte Paula. Das konnte sein. Bis sie aus dem riesigen Ding mit den superweichen Polstern aufgestanden war, dauerte es immer seine Zeit.

Aber nicht *so* lange, dachte ich.

»Versuch es noch mal«, sagte ich zu Nini. »Vielleicht hat sie es nicht gehört.«

»Oder sie ist auf dem Klo«, kicherte Paula.

21

Nini drückte noch einmal die Klingel. Endlich hörten wir sie kommen. Knarz, knarz, tock. Knarz, knarz, tock. So klingt es, wenn Frau Kirchner läuft. Zwei Schritte und dann ihr Gehstock. Zwei Schritte und dann ihr Gehstock. Sie hatte die Tür erreicht. Aber sie machte uns nicht auf. Stattdessen bewegte sich die Briefklappe. Das ist ein Schlitz in der Tür, durch den früher die Post geschoben wurde. Jetzt haben wir richtige Briefkästen unten im Haus, aber die meisten davon sind kaputt, weil mal wer den Schlüssel verloren und seinen Kasten aufgebrochen hat, oder einfach so, weil sie eben auch nicht mehr ganz neu sind.

Ich bückte mich, bis mein Mund auf Höhe der Briefklappe war. »Frau Kirchner, wir sind's bloß!«, rief ich hindurch. »Nina und Nikolai von ganz oben. Und Paula.«

Die Klappe machte, was Klappen eben so machen. Sie ging zu.

»Frau Kirchner?«, fragte ich.

»Ich darf euch nicht aufmachen«, kam Frau Kirchners Zitterstimme durch die Tür.

»Warum nicht?«, fragte ich.

Die Klappe klappte wieder auf.

»Es geht nicht«, sagte Frau Kirchner. Dann klappte die Klappe wieder zu, und wir hörten Frau Kirchner weggehen. Knarz, knarz, tock.

Da standen wir und guckten uns an.

»Was war das denn?«, murmelte Nini. Ja, das fragte ich mich allerdings auch.

Es geht nicht. Das ist etwas, was es im Kaninchenbau nicht gibt.

Halt! Stopp! Das ist gelogen. Es gab es bis zu diesem Tag nicht. Heute gibt es das. Sehr oft.

»Ich geh dann mal«, sagte Paula, nachdem wir eine kleine Weile ratlos herumgestanden hatten.

»Ja, lasst uns gehen«, sagte Nini, und die Mädchen liefen weiter. Aber ich konnte nicht. Nicht so einfach. Das war schon das vierte Mal, dass heute etwas seltsam war.

»Frau Kirchner?«, fragte ich noch einmal durch die Briefklappe. Frau Kirchner antwortete nicht. Aus ihrer Küche hörte ich leise das Radio.

»... hohem Risiko, sollten sie ...«, schnappte ich auf.

Wahrscheinlich hörte Frau Kirchner wieder eine ihrer Sendungen über die Berge. Das macht sie gerne.

»Da kann ich mein Fernweh beruhigen«, sagt sie immer. Allerdings sind die Sendungen, die Frau Kirchner am liebsten hört, die über Bergsteiger, die auf Gipfel geklettert sind, wo sich sonst niemand hintraut. Also vermutlich nichts, was Frau Kirchner jemals selbst gemacht hat. Wobei es ja Leute im Haus gibt, die behaupten, Frau Kirchner hätte eine abenteuerliche Vergangenheit. Irgendjemand hat sogar mal erzählt, sie wäre früher eine richtige Agentin gewesen. So wie James Bond. Für wen sie spioniert hat, weiß aber bis heute keiner. Mama und Papa sagen, das wäre nur ein Gerücht, das jemand erzählt hat, um sich wichtig zu machen. Ich bin mir da nicht sicher. Warum sollte Frau Kirchner denn keine Agentin gewesen sein? Man kann so was nie genau wissen, oder? Kennt ihr einen Agenten? Sicher nicht. Weil es zum Job von Agenten gehört, dass sie nicht erkannt werden.

Ich ließ die Briefklappe fallen und machte mich auch auf den Weg nach oben. Vielleicht würde ich später noch mal bei Frau Kirchner vorbeischauen. Aber jetzt hatte ich Hunger.

Als ich oben ankam, waren Paula und Nini schon verschwunden. Leer war das Treppenhaus trotzdem nicht.

Am Tisch vor unserer Wohnung saß nämlich Ralf und trank Kaffee aus Mamas Blümchentasse.

»Tag, Nikosch«, begrüßte er mich. »Was ist denn los? Du schleichst dich hier ja an, als hättest du was verbrochen. Nini und Paula sind schon da ...«

»Alles gut«, murmelte ich. Mama lieh ihm ihre Lieblingstasse? Sie vertraute ihm eindeutig zu sehr. Ich blickte Ralf finster an.

»Welche Laus ist dir denn dann über die Leber gelaufen? Herr Tanzer mal wieder?«

Ralf wusste erstaunlich gut Bescheid über mein ganzes Schuldrama. Zu gut für meinen Geschmack. Aber vielleicht wusste er ja auch was über Frau Kirchner.

»Hast du Frau Kirchner heute schon gesehen?«, brummte ich darum.

»Frau Kirchner?« Ralf stellte die Kaffeetasse ab. »Nein, was ist mit ihr?«

»Weiß ich nicht. Sie kommt nicht aus der Wohnung.«

»Nicht aus der Wohnung? Warum das denn nicht?«

»Sie sagt, es geht nicht.«

Und jetzt hatte ich Ralf wohl angesteckt mit meinem merkwürdigen Gefühl.

»Ich werde mal nach ihr sehen«, sagte er und stand auf.

»Viel Glück. Mit uns hat sie nur durch die Klappe geredet.«

»Ach so?«, murmelte Ralf und machte sich auf den Weg. »Ich kümmere mich drum. Und du solltest schnell reingehen.« Er sah mich mit seinem stechenden Brillenblick an. »Es gibt Blini.«

Natürlich gab es Blini. Es war Mittwoch, Mamas freier Tag. Mittwochs gibt es immer Blini. Das sind so eine Art Pfannkuchen und mein absolutes Lieblingsessen. Ich kann nicht genug davon kriegen. Nini leider auch nicht. Darum beeilte ich mich. Kaum saß ich am Tisch, hatte ich Grusel-Ralf und vor allem Frau Kirchner vergessen.

Ich glaube, das ist jetzt acht Wochen her. Oder vielleicht sind es auch nur elf Tage. Ich sage euch, man kann schon mal den Überblick verlieren, wenn es nur noch Sonntage gibt. Denn genau darauf steuerten wir hier gerade zu. Ein

25

Leben voller Sonntage. Ihr denkt, das wäre schön? Ich kann euch sagen, das ist es nicht. Auf gar keinen Fall!

Nini und ich hatten gerade aufgegessen, als Ralf klingelte. Mama ließ ihn rein.

»Und, was hat Frau Kirchner gesagt?«, wollte Nini wissen, als Ralf mit Mama in die Küche kam.

»Dass es nicht geht«, wiederholte Ralf, was wir schon wussten. Dabei guckte er, als wolle er noch was sagen. Aber Mama kam ihm zuvor. »Ach, da wird schon nichts sein. Frau Kirchner hat bestimmt nur einen schlechten Tag. Morgen sieht alles wieder ganz anders aus.«

Ich glaubte ihr kein Wort. Sie hatte das R gerollt, wie immer, wenn sie nervös ist. Eigentlich rollt in unserer Familie nur Opa das R. »Einmal in der Zunge, kriegst du das nie wieder raus«, sagt er. Und Opa hat es von Anfang an in der Zunge gehabt. Er ist in Russland geboren. Mama nicht, die ist hier auf die Welt gekommen. Aber wenn sie nervös ist, dann scheint ihre Zunge das zu vergessen.

»Und jetzt haben zwei gewisse Menschenkinder Hausaufgaben zu machen, wenn ich mich nicht irre.«

Irrrre. Es war immer noch da.

»Also, ab!« Sie schob uns aus der Küche bis vor unsere Zimmertür.

Unser Zimmer, dachte ich. Warum sollen wir nicht an den Treppentisch?

Jeder hört was anderes, und über allem ist das Nichts

Eine halbe Stunde später wusste ich, warum. Nini und ich hatten gerade die erste Deutschaufgabe fertig, als die Wohnungstür ins Schloss fiel. Sofort sprangen wir auf und schlichen in den Flur. Aus dem Wohnzimmer, das gleichzeitig Mamas und Papas Schlafzimmer ist, hörten wir den Fernseher. Natti, die vorhin erst aufgestanden war, weil sie Nachtdienst gehabt hatte, guckte irgendeine Serie. Sie macht gerade eine Ausbildung zur Krankenschwester, darum arbeitet sie zu ganz komischen Zeiten. Zwei quietschige Mädchenstimmen plärrten, wie suuuper ihre neuen Bikiiiinis wären und dass sie damit uuuunbediiiiingt sofort zum Beach mussten. Puh! Wie aufregend.

Ich linste durch den Spion, dieses kleine Loch, durch das man sehen kann, wer einen besuchen kommt, wenn die Sprechanlage mal wieder nicht geht. Was bei uns so gut wie immer der Fall ist.

»Siehst du was, Nikosch?«

Und ob ich was sah. Das Treppenhaus war gerammelt voll. Alle Erwachsenen, die nicht gerade bei der Arbeit waren, standen über die Stockwerke verteilt rum und unterhielten sich. Nur Frau Kirchner nicht. Soweit war das ja nicht ungewöhnlich. Aber niemand lachte. Und keiner telefonierte. Alle waren total ernst.

»Nikosch!« Nini schubste mich. Ich machte ihr Platz.

»Schau selbst«, wisperte ich.

Nini presste das Auge an den Spion. »Da stimmt was nicht«, fasste sie die Lage zusammen. Messerscharf!

»... nicht so ernst«, hörte ich. Und »... warten wir's ab, dann ...« Und »... wird sicher übertrieben ...«

Aber was wir abwarten sollten und was übertrieben wurde und von wem, das konnte ich nicht herausfinden.

»Denkst du, was ich denke?«, flüsterte Nini.

»Natürlich«, antwortete ich leise. Nini und ich denken oft dasselbe. Wahrscheinlich ist das so, weil wir das Denken zusammen gelernt haben.

In diesem Fall dachten Nini und ich jedenfalls, dass hier irgendwas vor uns versteckt wurde. Und dass wir dringend herausfinden mussten, was. Aber wie?

»Erst mal müssen wir unauffällig bleiben. Sie dürfen nicht wissen, dass wir gelauscht haben«, beantwortete Nini meine nicht ausgesprochene Frage.

Ich nickte. »Hausaufgaben«, sagte ich.

Wir trollten uns in unser Zimmer, das früher auch Nattis Zimmer war. Weil bald der Zwerg auf die Welt kommt, ist Natti jetzt in Mamas und Papas Zimmer umgezogen. Die wohnen seitdem im Wohnzimmer. Aber nur nachts. Tagsüber ist es noch immer das Wohnzimmer. Und der Zwerg wird bei Nini und mir wohnen. Sein Bett steht schon unter unserem Hochbett, gleich neben dem Schreibtisch.

Nini schloss die Tür, und ich kramte das Englischheft raus. Aber Nini kam nicht an den Schreibtisch. Sie blieb am Fenster stehen.

»Der neue Nachbar ist eine Frau«, sagte sie.

»Aha«, machte ich. Mir war es ziemlich egal, ob ich in Zukunft von einem Mann oder einer Frau nichts mehr zu sehen kriegen würde. Nini interessiert sich für so was. Eigentlich interessiert sie sich für alles. Selbst dafür, wie viele Punkte ein Marienkäfer hat, wenn er zufällig bei uns auf dem Fensterbrett landet. Am spannendsten findet sie aber die Sterne und den Weltraum. Darum hängt an unserer Wand ein Astronaut. Kein echter! Ein Poster. Er hängt neben meinen Ninja-Schildkröten. Die kennt ihr, oder? Diese vier Typen, die mutiert sind und eher aussehen wie Menschen mit Schildkrötenpanzer? Diese Poster zeigen auf jeden Fall, was bei Nini und mir Sache ist. Es ist kaum zu glauben, dass wir Zwillinge sind. Nini denkt wahnsinnig gerne nach. Ich auch, aber irgendwie ist mein Nachdenken anders als ihres. Es ist jedenfalls keines, das was mit Schule zu tun hat. Apropos Schule.

»Eine traurige Frau«, sagte Nini. »Oder sie hat Heuschnupfen.«

Ich hörte gar nicht richtig zu. »Hausaufgaben«, erinnerte ich sie. Ich war, das könnt ihr euch denken, absolut nicht scharf darauf, aber Mama würde später nachsehen, ob wir die Hausaufgaben gemacht hatten. Darum war dies der beste Weg, um unauffällig zu bleiben.

»Alles klar.« Nini öffnete das Fenster. Ich ging zur Wand und klopfte viermal.

Paula hatte schon gewartet und öffnete sofort ebenfalls ihr Fenster. Es ist ein Glück, dass Paula nicht nur unsere beste Freundin ist, sondern auch noch im Zimmer gleich neben unserem wohnt. Sie war unter Garantie auch schon dabei, sich unauffällig zu verhalten. Jedenfalls hatte sie Englisch bereits erledigt und schickte ihr Heft mit der Eimerpost rüber.

Die Eimerpost ist eine Sache, die wir uns lange vor allem, was mit dieser Geschichte zu tun hat, ausgedacht haben. Damit geben Paula, Nini und ich uns all das hin und her, was niemand mitkriegen soll. Außer Natti weiß auch keiner davon. Und Natti hält dicht. Man könnte sich fragen, warum wir uns die geheimen Sachen nicht einfach so geben, wo wir uns doch jeden Tag in der Schule sehen und außerdem unser halbes Leben im Treppenhaus und im Hof stattfindet. Aber wer sich das fragt, hat eines nicht verstanden: Im Kaninchenbau gibt es keine Geheimnisse. Jederzeit kann man bei einer Übergabe beobachtet werden. Also ist es besser, für die wichtigen Dinge außen langzugehen. Dafür haben wir eine Schnur von unserem Fenster zu Paulas gespannt. An der ziehen wir einen kleinen Eimer hin und her. So einen, den man auf dem Spielplatz im Sandkasten benutzt, wenn man erst vier ist oder so. Ab und zu müssen wir die Schnur abmontieren, weil Vicky oder Mama oder Papa einfällt, dass es mal wieder Zeit ist, die Fenster zu putzen. Aber das kommt selten vor. Meistens funktioniert die Eimerpost ohne Probleme.

Nini fischte Paulas Englischheft aus dem Eimer, und ich fing an, die Hausaufgaben abzuschreiben. Dabei baute ich gerade genug Fehler ein, dass das Abschreiben nicht auffallen würde. (Das ist etwas, was ich im Gegensatz zu Mathe richtig gut kann!) Nini machte sich so lange schon mal an den Rest von Deutsch. Ich war gerade beim b-Teil von Englisch angekommen, als es passierte.

Nini hob den Kopf. »Nikosch, hörst du das?«

»Was?«, fragte ich. Ich hörte nichts. Draußen war es still. So still, dass man eine Stecknadel bis zu uns hier drin hätte fallen hören können, selbst wenn sie Ajas im Erdgeschoss runtergefallen wäre. Ich weiß nicht, ob Ajas Stecknadeln besitzt, aber falls ja … Na, ihr wisst schon.

Und das war es, was Nini meinte. Genau dieses Nichts.

»Das ist gruselig«, murmelte ich. Nini nickte. Paula musste es auch gehört haben, denn mitten in die gruselige Stille hinein klopfte es. Sechsmal schnell hintereinander. Das bedeutete Alarm.

Nini schrieb sofort eine Nachricht und schickte sie mit der Eimerpost nach nebenan. *Wir wissen auch nicht, was los ist.*

»Ich gehe mal nachsehen«, entschied ich und schlich in die Diele. Kaum war ich zur Tür raus, stieß ich mit Natti zusammen. Sie hatte aufgehört fernzusehen und stand jetzt auch am Spion.

»Au, Nikosch, pass doch auf!«, beschwerte sie sich. Ich war ihr auf den Fuß getreten.

»Siehst du was?«

Natti legte den Finger an die Lippen. »Psst.«

Wir lauschten. Aber bis auf ein paar Türen, die geschlossen wurden, war nichts zu hören. Dann kam plötzlich jemand die Treppe hoch.

Natti sprang vom Spion weg.

»Mama«, warnte sie und flitzte zurück ins Wohnzimmer, wo im selben Moment der Fernseher wieder losdudelte. Ich schob mich zurück in unser Zimmer, die Tür lehnte ich nur an.

»Tarnung«, raunte ich Nini zu, die augenblicklich das Fenster schloss und sich an den Schreibtisch setzte.

Ich hörte die Tür klappen und Mama in die Küche gehen. Wir machten die Hausaufgaben fertig, dann warteten wir. Und warteten. Und warteten. Mama kam nicht, um sie zu kontrollieren. Den ganzen Nachmittag über saß sie in der Küche und telefonierte.

32

Erst als Papa nach Hause kam, hörte sie auf. Aber auch dann guckte sie nicht nach uns. Mama und Papa gingen ins Wohnzimmer. Der Fernseher wurde angeschaltet, und die Nachrichten liefen.

»Oh«, sagte Nini. Mama und Papa guckten nur die Nachrichten, wenn was wirklich Spannendes passiert war. Alles andere ließen sie sich von Ralf erzählen. Bis zu diesem Tag.

Wortlos beschlossen wir, auch ins Wohnzimmer zu gehen.

Ich kann euch sagen, ich habe nicht mal die Hälfte von dem verstanden, was da erzählt wurde. Tatsache war aber, dass Mama, Papa und Natti auf dem Sofa saßen, das nachts Mamas und Papas Bett ist, und Mama uns die Hand hinstreckte, als wir reinkamen. Wir sollten uns dazusetzen? Auch das war so selten, dass wir es auf der Stelle machten. Und dann hörten wir zu fünft der Nachrichtenfrau zu. Ich überlege immer noch, wie viele Leute wohl an dem Abend, genauso wie wir, vor dem Fernseher saßen und dachten, dass die Nachrichtenfrau nur mit ihnen spricht. Und wie viel von dem, was sie sagte, in den unterschiedlichen Wohnzimmern und in den ganzen Köpfen hängen blieb. Ich frage mich das, weil man wirklich meinen könnte, sie hätte an diesem Abend jedem, der ihr zuhörte, etwas anderes berichtet. Nini und mir erzählte sie von einem Virus, einer gefährlichen Krankheit. Jedenfalls für ein paar Leute war sie sehr gefährlich, soweit die Nachrichtenfrau das wusste. Genau sagen konnte es zu diesem Zeitpunkt nämlich niemand. Zu den paar Leuten muss auf jeden Fall auch Frau Kirchner gehören, dachte ich. Die Nachrichtenfrau erzählte uns, dass wir aufpassen müssten, dass Frau Kirchner sich nicht ansteckt mit dieser Geschichte.

Mama und Papa schien die Nachrichtenfrau aber noch viel mehr zu sagen. Und das machte sie nervös. Die ganze Sendung lang ging es nur um diese eine Sache, und als Papa am Ende den Fernseher ausschaltete, waren wir erst mal eine ganze Weile still. Dann sagte Mama: »Also, ihr habt es gehört. Ab jetzt heißt es Hände waschen!«

Ach so, dachte ich. Nein, das hatte ich nicht gehört.

Mama seufzte. »Und ich war heute Morgen wirklich der Meinung, da hätte sich jemand einen Scherz erlaubt, als das im Radio kam«, sagte sie dann zu Papa. Der nickte nachdenklich.

Und ich dachte: Sie hat das R gerollt.

Keine Ahnung, warum, aber
wir haben Ferien!

Der nächste Schultag fing wieder mit Frau Niemann an.

»Herr Tanzer ist krank«, erzählte sie uns, als wüssten wir das noch nicht. Das Fenster hatte sie schon geöffnet, bevor wir in die Klasse gekommen waren, und sie bewegte sich die ganze Zeit keinen Millimeter davon weg. Seltsam war, dass sie nicht alleine dort ausharrte. Neben ihr stand ein Junge. Blond und blass, und irgendwie wirkte seine Haut durchsichtig.

»Das ist Martin«, sagte Frau Niemann. Dann guckte sie über unsere Köpfe hinweg ganz nach hinten an die Wand. Und schwieg. Dieser durchsichtige Martin neben ihr grinste auf einmal, und da wurde er sichtbar. Ehrlich wahr. Das Grinsen machte ihn lebendig. Und wie. Er grinste uns an, dann stellte er sich genauso hin wie Frau Niemann, die Hände in die Hüften gestemmt und leicht nach vorne gebeugt. Ein paar von uns fingen an zu kichern. Frau Niemann merkte es nicht.

»Ihr Lieben«, sagte sie irgendwann, als sie lange genug an die Wand gestarrt hatte.

Martin neben ihr ahmte sie stumm nach. Jetzt musste auch ich lachen. Aber das Lachen blieb mir gleich wieder im Hals stecken. Was? Bitte? Augenblick mal! Ich war vieles, aber ganz sicher nicht einer von Frau Niemanns Lieben!

»Was denn?«, erkundigte sich Paula, weil Frau Niemann schon wieder nicht weitersprach.

Unsere Englischlehrerin holte tief Luft. Martin auch.

»Es wird in der nächsten Zeit einiges anders werden«, seufzte sie. Martin machte einen tiefen, stummen Seufzer. Ich grinste ihn an und dachte, etwas Veränderung bei Frau Niemann wäre gar nicht schlecht. Ob sie wohl offen für Vorschläge war?

»Ich habe hier einen Brief an eure Eltern«, fuhr sie fort. Dann las sie uns den Brief vor. Und Martin tat so, als würde auch er lesen. Was für ein Clown. Mittlerweile kicherte die ganze Klasse. Aber Frau Niemann merkte es noch immer nicht. Sie las mit höchster Konzentration. Ich fragte mich, warum sie das tat, wo der Brief doch gar nicht für uns bestimmt war. Aber so sind Lehrer. Vieles von dem, was sie tun, ist nicht unbedingt logisch. Ihr habt das vielleicht auch schon bemerkt.

Ich hörte jedenfalls nicht besonders konzentriert zu. Martin machte einfach eine zu gute Show. Ob man mit ihm auch sonst was anfangen konnte? Wo er wohl wohnte? Hoffentlich war er nicht in eines unserer Nachbarhäuser eingezogen. So einen wie ihn wollte ich nicht als Konkurrenz haben, wenn es um die Baustelle ging.

Apropos. Ob heute ein Tag für die Baustelle wäre? Seit die Weißen Löcher uns unsere Wiese genommen hatten, spielten wir eben auf den Baustellen. Meistens spielten wir gegeneinander. Jedes Haus auf unserer Straßenseite war eine andere Gang, und wir waren natürlich verfeindet. Manchmal arbeiteten zwei Gangs auch zusammen, das konnte man vorher nicht wissen. Der eigentliche Spaß an der Sache war, den Bauarbeitern auszuweichen und immer den Ort zu finden, an dem sie gerade nicht arbeiteten. An dem musste man natürlich als Erster sein. Ein paarmal waren wir fast erwischt worden. Aber noch nie wirklich. Unsere Eltern hatten es wie durch ein Wunder auch noch nicht gemerkt.

Ich überlegte mir gerade, wann wir uns am besten aus dem Haus schleichen konnten, da brach das totale Chaos um mich herum los. Was? Wie? Irgendwas hatte ich verpasst. Irgendwas richtig Gutes.

»Nikosch!«, rief Nini. »Worauf wartest du?«

Paula und sie warfen sich gerade ihre Rucksäcke über die Schultern. Ninis hatte Leuchtsterne und Paulas eine Balletttänzerin drauf.

Nini knüllte einen Zettel in ihre Hosentasche. Ich guckte auf meinen Tisch. Da lag auch einer.

»Niiiikosch!«, rief Paula von der Klassenzimmertür. »Willst du da Wurzeln schlagen?«

Wollte ich nicht. Ich tat, was um mich herum alle taten, schnappte mir meinen Rucksack und folgte Paula und Nini in den Flur. Da wimmelte es schon von anderen Schülern.

»Schulfrei!«, brüllte jemand. Und ein paar andere antworteten: »Yeah!«

Alle stürmten nach draußen. Nini, Paula und ich ließen uns mit dem Strom treiben. Wir hatten schulfrei? Wie genial war das denn?

»Ist das cool, oder ist das cool?«, rief Ajas uns zu, als wir uns am Tor trafen. Die anderen aus dem Kaninchenbau waren schon da und auch die aus den Nachbarhäusern. Gemeinsam machten wir uns auf den Weg. Alle riefen durcheinander. Ich nutzte die Gelegenheit und zog Nini näher zu mir.

»Was ist denn los?«, flüsterte ich ihr zu.

Nini lachte. »Du hast schon wieder gepennt, was?«

Ich zuckte die Schultern. »Und?«

»Wir haben schulfrei«, informierte sie mich grinsend. »Morgen auch. Und die ganze nächste Woche. Und die übernächste. Und dann wird man sehen. Sagt Frau Niemann.«

»Wir haben mehr als zwei Wochen Ferien?« Ich blieb stehen. »Echt jetzt? Warum denn?« Ich war mir ganz sicher, dass Nini mich auf den Arm nehmen wollte.

»Wegen dem, was gestern in den Nachrichten kam, glaube ich.« Nini war auch stehen geblieben. »Was guckst du denn so? Ist doch super!«

Ja, das war es. Absolut! Aber darum guckte ich auch nicht komisch. Sondern weil auf der anderen Straßenseite gerade Herr Friedrich entlangkam. Er war in einen Regenmantel gehüllt und hatte eine Taucherbrille auf. Seine Hände steckten in Gartenhandschuhen und er atmete durch den Taucherschnorchel.

»Jetzt hat Herr Friedrich den Verstand verloren.« Nini drehte sich um.

»Oder er hat sich schon angesteckt.« Sie lachte. »Mit dieser seltsamen Krankheit.«

Da musste auch ich lachen. Wir gingen weiter.

»Also wenn diese Krankheit so aussieht, dann hat Frau Kirchner allen Grund, in ihrer Wohnung zu bleiben«, setzte ich noch einen drauf. In meinem Augenwinkel tauchte auf einmal Martin auf. Jetzt war er wieder durchsichtig. Ob ich wohl mal rübergehen sollte?

»Wo bleibt ihr denn?« Paula schubste mich. »Habt ihr den Friedrich gesehen?«

»Haben wir!«, feixte Nini. »Der sollte vielleicht auch mal schulfrei kriegen. Das täte dem sicher gut.«

»Oder er hat zu viel schulfrei gehabt, als er ein Kind war«, überlegte Paula.

»Nikosch, dann wissen wir ja, was aus dir mal wird.« Nini stieß mich an.

»Na, warte!«, rief ich und jagte sie bis nach Hause.

Als wir den Kaninchenbau betraten, verabredeten wir

39

uns mit den anderen noch schnell für die Baustelle. Dann rief Paula laut ins Treppenhaus: »Schulfrei! Kartoffelbrei!«

Und Nini und ich machten es ihr nach. Den ganzen Weg nach oben riefen wir das auf jedem Stockwerk. Und nicht nur wir. Alle anderen brüllten mit. Bald hallte das ganze Treppenhaus: »Schulfrei! Kartoffelbrei!« Das war super. Wir waren ganz außer Atem vom Brüllen, als wir oben ankamen.

»Tschüs, Ajas!«, rief Nini von ganz oben nach ganz unten. »Bis später draußen!«

Und Ajas brüllte zu uns herauf: »Tschüs, Paula, tschüs, Nini, tschüs, Nikosch! Und seid pünktlich!«

»Sagt wer?«, rief Jan im ersten Stock, und Ebo im zweiten Stock lachte gackernd.

Am Treppentisch saß Papa und trank Tee. War er nicht heute früh zur Arbeit gegangen?

»Was machst du denn hier?«, fragte Nini überrascht.

Papa sah von seiner Tasse auf.

»Und ihr? Was macht ihr hier?« Er war genauso verwirrt wie wir.

»Wir haben Ferien«, sagte Paula. »Für mindestens zwei Wochen.«

Nini legte Papa den Zettel hin. »Hier steht alles.« Dann schob sie Paula langsam zu ihrer Wohnungstür. Paula kapierte sofort. Ich auch – natürlich. Wenn wir zu uns gingen, würde Papa sicher was mit uns machen wollen.

»Heute haben wir aber noch Hausaufgaben«, sagte sie. »Am besten, wir machen sie gleich. Kommt ihr mit zu mir?«

»Auf jeden Fall«, stimmten Nini und ich zu. Paula schloss auf, und bevor Papa den Zettel überhaupt ganz gelesen hatte, waren wir schon in ihrer Wohnung verschwunden.

»Und was machen wir jetzt?«, fragte ich die Mädchen.

»Erst mal was essen und abwarten, bis er wieder reingeht«, schlug Paula vor. »Wir haben noch Kuchen.«

»Gute Idee.« Nini und ich nickten. Vicky macht die besten Kuchen auf der Welt. Was kein Wunder ist, denn sie hat das gelernt. Vicky arbeitet als Bäckerin.

Wir machten es uns also mit Kuchen und Kakao in Paulas Zimmer gemütlich.

»Warum Papa wohl zu Hause ist?«, überlegte Nini laut.

»Keine Ahnung. Vielleicht hat er zu viele Überstunden.«

Das konnte gut sein. Papa machte wirklich, wirklich oft Überstunden. Er ist Erzieher in einem Kindergarten. Und wenn er da frei hat, gibt er noch Nachhilfe. Aber auch wenn es schön war, ihn mal zu Hause zu haben, wir hatten was vor. Und die anderen würden nicht auf uns warten.

Wir aßen unseren Kuchen auf und gingen dann in den Flur, um durch den Spion zu gucken. Papa saß noch immer draußen.

»Okay, Ablenkungsmanöver«, sagte Paula. »Wir müssen ihn irgendwie beschäftigen.«

41

»Ich weiß auch, wie!«, rief Nini. »Unsere Dusche ist doch schon lange total wackelig.«

»Ja, und?«, fragte Paula.

»Lasst mich mal machen.« Nini grinste und machte sich auf den Weg nach drüben in unsere Wohnung. Paula und ich lauschten hinter angelehnter Tür.

»Hallo, Papa«, sagte Nini, als sie an ihm vorbeiging.

»Na, schon fertig mit den Hausaufgaben?«, fragte Papa.

»Nein. Ich muss nur kurz was holen. Für ein … Projekt!«

»Mhm«, antwortete Papa. Er war mit den Gedanken schon wieder woanders.

Eine kurze Weile blieb es still. Dann hörten wir Nini kreischen. Wir rissen die Tür auf. Papa war auch schon aufgesprungen.

»Was ist los?«, rief er in die Wohnung. Man hörte es gluckern. Oh. Nini hatte wohl ganze Arbeit geleistet.

»Hilfe!«, kreischte sie, und wie Väter es nun mal müssen, spurtete Papa los, um genau das zu tun: Nini zu helfen.

»Los!«, sagte ich.

»Aber Nini …?«, fragte Paula.

»Die kommt schon.«

Und das tat sie. Klatschnass zwar, aber mit einem breiten Grinsen im Gesicht kam meine Schwester ins Treppenhaus.

»So. Papa hat Arbeit. Los geht's!«

Wir rannten die Treppe runter und wurden immer mehr. Ich schätzte, dass unsere Gang heute vollzählig sein würde.

Ha! Das mussten uns die aus den anderen Häusern erst mal nachmachen.

»Pst!«, machte Paula plötzlich, als wir bei Frau Kirchner vorbeikamen. Wir blieben auf der Stelle wie angewurzelt stehen. Die anderen überholten uns, aber wir lauschten.

»Was?«, fragte Nini.

»Hört mal«, wisperte Paula.

Aus Frau Kirchners Wohnung kam ein gleichmäßiges Knarzen. Aber das Tock fehlte.

»Was macht sie denn da drin?«, fragte ich tonlos.

»Ob alles in Ordnung ist?« Paula hob die Briefklappe ein klein wenig an.

»Kannst du was sehen?«

Paula schüttelte den Kopf. »Ich glaube, sie ist im Wohnzimmer.«

»Da wird schon nichts sein«, sagte Nini. »Los, die anderen warten.«

Wir beeilten uns und waren fast im Erdgeschoss, als im ersten Stock eine Tür aufging.

»Macht schon, raus hier!«, sagte Paula. Und als wir auf der Straße waren, rief sie den anderen zu: »Versteckt euch!«

Schnell, wie Kaninchen eben sind, waren alle in den umliegenden Hauseingängen verschwunden.

Ralf kam aus unserem Haus.

Er blieb einen Augenblick stehen und sah sich um. Hatte er uns entdeckt? Nein, ein Glück. Er lief fröhlich pfeifend die Straße runter. »Die Luft ist rein«, rief ich, als Ralf weit genug weg war. Alle strömten aus ihren Verstecken. Einer nach dem anderen liefen sie davon – nicht in Ralfs Richtung, versteht sich. Hätte man nicht gewusst, was hier geschah, hätte man es einfach übersehen. Mal einzeln, mal in Zweier- oder Dreiergruppen liefen Kinder die Straße entlang. Na und? Was war schon dabei? Dass diese Kinder alle dasselbe Ziel hatten, konnte nur jemand merken, der wirklich genau hinguckte. Paula, Nini und ich waren die Nächsten. Wir sahen uns noch einmal um, dann spazierten wir harmlos plaudernd los.

Falls ihr euch das fragt: Ich liege übrigens immer noch hier auf dem Rücken. Und zwar gar nicht weit entfernt von der Stelle, an der Nini, Paula und ich in der Geschichte gerade vorbeikamen. Warum ich euch das erzähle? Ganz einfach, ihr könnt daran sehen, dass ich es nicht sehr weit geschafft habe.

»Hallo? Virus 1, wo bist du?« Na toll. Jetzt mischt sich auch noch Cilli ein.

Hier, Mann. Hier bin ich!

Moment, wo war ich stehengeblieben? Ach ja, ich wollte euch erzählen, wie wir uns an diesem Tag auf die Baustelle schlichen. Was soll ich sagen? Es lief nicht ganz so gut.

Wir spazierten die Straße runter, in die Richtung, die von der Baustelle wegführte. Da, wo das allererste der Weißen Löcher steht, gibt es eine Kreuzung. An der bogen wir links ab und wieder links in einen kleinen Pfad. So liefen wir quasi einmal um das erste Weiße Loch herum. Von den anderen war nichts zu sehen. Sie hatten sich wohl schon einen guten Vorsprung verschafft.

Rechts von uns lag ein letzter Rest unserer alten Wiese. Der bestand aber nur noch aus einem Erdhügel, den die Bauarbeiter einfach liegengelassen hatten und auf dem sie auch jetzt noch ab und zu Schutt von der Baustelle abluden.

Hinter dem Schutthügel tauchte ein Lockenkopf auf.

»Ebo auf 16 Uhr«, flüsterte ich.

Paula und Nini nickten. Ich gab Ebo ein Zeichen, dass wir ihn gesehen hatten.

Er stieß einen kurzen Pfiff aus. Das bedeutete, eine der anderen Gangs sammelte sich gerade ganz in der Nähe. Aus den Augenwinkeln versuchte ich zu erkennen, wo. Aber ich sah niemanden.

Paula, Nini und ich liefen weiter. Das Ziel, die Baustelle von Haus Nummer 4, war nicht mehr weit. Wir mussten einfach nur da ankommen und es bis ins Wohnzimmer schaffen.

Nach ein paar Metern schloss Ebo sich uns an.

»Ajas und Leo links«, flüsterte er. Tatsächlich! Ajas und Leo schlichen gerade aus der Deckung in dem schmalen Streifen zwischen den beiden bewohnten Weißen Löchern hervor. Nach und nach entdeckte ich auch die anderen.

Verdammt! Wenn wir gewinnen wollten, mussten wir uns beeilen.

Plötzlich ging irgendwo ein Motor an. Gleichzeitig pfiff jemand eine Warnung. Ein kleiner Schaufelbagger kam hinter dem noch unfertigen Weißen Loch hervor und fuhr über die Baustelle. Paula, Nini, Ebo und ich duckten uns hinter einen Busch. Der Bagger fuhr ein Stück, dann verschwand er urplötzlich von der Bildfläche.

»Wo ist er hin?«, wisperte Ebo.

»Weiß nicht«, antwortete ich, dafür sah ich, wo die anderen waren. Die Füchse zum Beispiel, aus der Hausnummer 24, die wir den Fuchsbau getauft hatten. Die schwärmten gerade aus der anderen Richtung auf die Baustelle zu. Die hatten einen Bogen geschlagen und uns so ordentlich ausgetrickst.

»Auf geht's! Worauf warten wir?«, sagte ich und rannte los. Paula, Nini und Ebo folgten mir.

Während wir rannten, beobachtete ich unauffällig die Umgebung. Niemand da.

»Wartet hier«, sagte ich zu Ebo und den Mädchen, als wir die Baustelle fast erreicht hatten. »Ich spioniere aus, wo die Bauarbeiter gerade sind.«

»Wir pfeifen, wenn jemand kommt«, versprach Paula. Sie ist die beste Auf-zwei-Fingern-Pfeiferin, die ich kenne, perfekt für jedes Fußballspiel. Ich schlich los. Nach wenigen Schritten hörte ich jemanden hinter mir atmen. Jemand aus einer anderen Gang? Oder Ajas und Leo? Uns fehlten noch Alex und Sevi und Jan. Und Lena, Mehtap und Filiz. Von denen hatten wir kein Zeichen bekommen. Mein Verfolger kam näher. Nicht nervös werden, sagte ich mir, bleib ganz cool. Ich spannte mich gerade an, um loszulaufen, falls das hier auf ein Wettrennen hinauslief, da legte sich eine Hand auf meine Schulter.

Blaue Hosenbeine und ein wackelnder Vorhang beobachten mich

»Ebo! Mann, hast du mich erschreckt! Du solltest doch bei Paula und Nini bleiben.«

Ebo legte den Zeigefinger auf die Lippen. Dann deutete er mit einem Kopfnicken in Richtung des Weißen Lochs Nummer 3. Dort gab es noch keinen Gartenzaun. Dafür war da eine dichte Hecke gepflanzt worden, die den Blick auf die Terrasse versperrte. Und in der hockten die Wölfe aus der Hausnummer 22. Vollständig versammelt. Wow, die trauten sich mal wieder was. Die Nummer 3 hatte doch jetzt einen Bewohner. Aber das war ihnen ganz egal. Sie hatten uns bestimmt schon gesehen. Na gut, dann würden wir sie mal ein bisschen an der Nase herumführen. Füchse und Wölfe sind gefährlich, aber Kaninchen sind schlau und schnell! Ich bedeutete Ebo, den Weg direkt an ihnen vorbei zu nehmen, während ich mich an der Seite der Baustelle vorbeischleichen würde. Das war zwar genau da, wo der Bagger verschwunden war, aber irgendein Risiko musste ich eben eingehen. Die Baustelle war auf dieser Seite des Hauses mit einem rot-weißen Flatterband eingezäunt, das

49

an einer ganzen Reihe von großen Büschen in Blumentöpfen entlangging. Sollte das auch irgendwann eine Hecke werden? Nicht gerade eine beeindruckende Absperrung. Ein Zettel hing daran: *Unbefugten ist das Betreten der Baustelle verboten.*

»Dann ist doch alles bestens«, murmelte ich grinsend. Ich fand mich so was von befugt, was auch immer das bedeutete.

Ich duckte mich unter dem Flatterband und zwischen den Büschen hindurch und schlich eng an den Pflanzen entlang. Rechts von mir war eine tiefe Grube ausgehoben worden. Da unten entdeckte ich den Bagger.

Der Baggerfahrer war nirgends zu sehen. Auch sonst war keiner da. Ich rannte los, den Rest des Wegs bis zum Haus, und linste um die Hausecke nach vorne zur Straße. Die Bauarbeiter machten vor dem Haus Pause. Perfektes Timing. Ich wollte gerade zu unserem Gangpfiff ansetzen, um die anderen herbeizurufen, da kam mir jemand zuvor. Mist! Noch einmal ertönte der Pfiff. Das war keine von den anderen Gangs. Das war unser Warnpfiff für alle! Das war Paula!

Ich guckte noch einmal nach vorne. Die Bauarbeiter waren vertieft in ihre Pausengespräche. Die Luft war rein. Vielleicht spielte da jemand ein falsches Spiel? Wir konnten immer noch gewinnen!

Auf einmal lief mir ein kalter Schauer über den Rücken.

Ich fühlte mich beobachtet. Von hier aus hatte man freie Sicht auf den Kaninchenbau. Und somit auch vom Kaninchenbau auf mich. Ich ließ den Blick über die Fenster schweifen. Es war niemand zu sehen. Nur bei Frau Kirchner wackelte die Gardine ein bisschen. Das Fenster war gekippt, wahrscheinlich war es bloß der Wind.

Du spinnst, Nikosch, sagte ich mir.

Aber vielleicht auch nicht. Denn in diesem Moment kamen von allen Seiten die anderen Gangs gelaufen. Sie überquerten die Straße und verschwanden mir nichts dir nichts in ihren jeweiligen Häusern. Auch Ajas und Ebo sah ich. Und Sevi und Leo, Alex und Jan. Mehtap und Filiz waren die Letzten.

Und dann stürmten Nini und Paula auf mich zu.

»Was machst du denn so lange?«, fragte Nini atemlos. Sie wartete meine Antwort nicht ab, sondern rannte an mir vorbei auf das Haus zu. Paula folgte ihr. Ich machte auf dem Absatz kehrt.

»Was ist denn los?«, fragte ich Paula, als ich zu ihr aufgeholt hatte.

Wir hatten das Haus erreicht. Nini prüfte die Fenster und Türen. Aber alle waren zu.

»Mist«, schimpfte sie leise. »Warum sind denn hier überhaupt schon Fenster drin?«

Gute Frage. Normalerweise dauerte es bis fast zum Schluss, dass die Weißen Löcher Fenster bekamen.

Ich sah mich um. Noch war niemand zu sehen, aber wenn Paula gepfiffen hatte, konnte das nur eine Frage der Zeit sein.

»Wir müssen uns verstecken.« Ein Schauer lief mir den Rücken runter. »Kommt!« Ich packte erst Nini und dann Paula am Arm und zog sie mit mir zum Rand der Baugrube und die Baggerrampe hinunter. Zwischen dem Bagger und der Grubenwand gingen wir in Deckung. Es staubte, als wir uns hinhockten. Nini nieste.

»Scht«, zischten Paula und ich gleichzeitig. Ich linste am Schaufelarm vorbei zum Ende der Grube. Die Büsche versperrten die Sicht. Das hatte ich nicht bedacht. Wenn uns jemand beobachtet hatte und kam, um uns hier zu stellen, dann würden wir ihn nicht nur viel zu spät sehen. Wir säßen auch in der Falle.

»Vor wem verstecken wir uns?«, fragte ich leise.

»Keine Ahnung«, wisperte Nini und zog die Nase hoch.

»Wie, keine Ahnung?« Ich guckte sie an. Nini schüttelte den Kopf.

»Wir wissen es nicht«, erklärte sie, als würden wir nicht dieselbe Sprache sprechen.

»Ihr wisst es nicht, weil ihr ihn nicht kennt?«

»Wir wissen es nicht, weil wir ihn nicht gesehen haben«, antwortete Paula. Ich kapierte nichts.

»Aber du hast doch gepfiffen?«

»Klar«, sagte Paula.

»Wir haben Schritte gehört«, half Nini mir auf die Sprünge. Na, ging doch. Das hätte sie auch gleich sagen können. Etwas raschelte.

»Achtung!« Nini zeigte auf den Grubenrand. Aus meiner Position hinter dem Baggerarm sah ich ein paar dunkelbraune Arbeiterschuhe und blaue Hosenbeine, in denen ziemlich sicher ein Mann steckte. Oder eine Frau mit Riesenfüßen.

Die blauen Beine standen eine ganze Weile einfach so da. Hatte der Typ uns entdeckt? Wartete er ganz gemütlich ab, bis wir es nicht mehr aushielten und rauskamen? Da würde er nicht mehr lange warten müssen. Es war höllisch unbequem, hier zu hocken. Und dann fing Paula neben mir an, seltsame Grimassen zu schneiden. Ich guckte sie an. Oh, oh! Sie musste auch niesen. Mit einer ziemlich schrägen Gesichtsgymnastik versuchte sie, es zu verhindern. Ich bedeutete ihr, sie solle sich in die Nase kneifen. Aber Paula kapierte nicht, was ich von ihr wollte.

»Chaaa-haaa-haaa…«

Ich drehte mich zu Paula um, meine linke Hand schnellte vor, und ich kniff ihr so fest in die Nase, dass das Niesen sich sofort verkrümelte.

»Au!«, beschwerte sich Paula lautlos. Aber ich war zufrieden. Und auch ein bisschen stolz. Ich hatte uns alle gerettet.

Und wie ich das hatte! Denn auf einmal kam Bewegung

in die blauen Beine. Der Mann drehte sich um. Und – ich konnte es selbst nicht glauben – dann ging er!

Wir hielten noch eine ganze Weile die Luft an. Erst als wir sicher sein konnten, dass er wirklich fort war, atmeten wir lautstark auf.

»Puh!«, machte Nini. »Schwein gehabt!«

»Was sollte das denn?«, motzte Paula und rieb sich die gekniffene Nase.

»Ich habe uns gerettet«, verteidigte ich mich. Das musste Paula ja wohl einsehen, also ehrlich. »Los, kommt«, sagte ich und stand auf. »Wir suchen nach einem anderen Weg, ins Haus zu kommen. Dann haben wir trotzdem gewonnen, auch wenn wir nicht mehr vollständig sind.«

»Bist du verrückt?« Auch Nini stand auf, aber sie machte keine Anstalten, sich vom Fleck zu rühren. »Das war total knapp. Was, wenn der uns erwischt hätte?«

»Hat er aber nicht«, sagte ich.

»Nee!«, maulte Nini. »Trotzdem. Ich hab für heute genug. Was für ein blöder erster Ferientag.«

Sie stopfte ihre Hände in die Hosentaschen und stapfte los.

»Nini!«, rief ich. Aber wenn Nini nicht mehr will, dann ist mit ihr nicht zu reden. Also guckte ich Paula an. Zwei wären immer noch ein Sieg, wenn sonst niemand mehr da war, oder? Aber Paula schüttelte bloß den Kopf und folgte Nini.

54

Super! Alleine war mir das aber auch zu unheimlich. Ich trödelte noch bei dem Bagger herum, bis die Mädchen aus der Baugrube geklettert und verschwunden waren.

Dann folgte ich Paula und Nini mit genug Abstand, um meine Coolness zu bewahren. Als ich das obere Ende der Rampe erreicht hatte, sah ich mich um. Schon wieder war da dieses seltsame Gefühl, als würde mich jemand beobachten. Aber ich sah nur die Bauarbeiter, und die sahen mich nicht.

Also schlich ich auf demselben Weg zurück, den wir gekommen waren. Noch immer war alles still. Trotzdem: Irgendetwas stimmte hier nicht.

Als ich das Ende des Gartenpfades erreicht hatte und endlich auf die Straße abbog, war ich kurz davor, laut zu schreien. Ich glaube, ich war noch nie so froh darüber, auf einer normalen Straße zu sein.

So langsam und cool wie möglich schlenderte ich zurück zum Kaninchenbau. So weit käme es noch, dass Paula und Nini merkten, dass ich ohne sie Angst gehabt hatte.

Vor der Haustür lungerte Ajas herum. Er hatte den Kindergartenrucksack seiner kleinen Schwester in der Hand.

»Ist Sarah schon zu Hause?«, fragte ich.

»Oben bei euch«, antwortete er. »Mit Paula und Nini. Sie hatte Hunger.«

»Warum isst sie denn nicht bei euch was?«

»Kühlschrank ist leer.«

»Hm«, machte ich. »Hat Sarah auch Ferien?«

Ajas nickte. »Sieht so aus. Ihre Erzieherin hat sie eben vorbeigebracht.«

»Und hast du schon was gegessen?«, erkundigte ich mich. Wieder schüttelte er den Kopf. Alles klar. Er hatte es vor Paula und Nini nicht zugeben wollen, aber logisch, er hatte heute ja nichts in der Schule bekommen.

»Darf die Schule das eigentlich?«, fragte Ajas. »Uns einfach so nach Hause schicken, ohne unseren Eltern Bescheid zu geben?«

Wie bitte? Was war denn das für eine Frage? Aber vielleicht lag es an Ajas' Hunger, dass er nicht mehr klar denken konnte.

»Vermutlich nicht. Aber seit gestern spielen ja alle irgendwie verrückt.«

»Stimmt.« Ajas guckte an mir vorbei.

»Ich hole uns dann mal was zu futtern«, sagte ich. »Unser Kühlschrank ist immer voll, da fällt es gar nicht auf, wenn was fehlt. Bin gleich wieder da.« Ich sprintete los. Garantiert unter zehn Sekunden später schlitterte ich in die Küche, wo Papa gerade einen Stapel Blini von gestern auf Sarahs Teller lud. Seine Haare waren nass, und auch seine Kleider trockneten gerade erst. Nini hatte ihre Sache wirklich gut gemacht.

»Halt!«, rief ich, bevor Sarah sich über die Blini hermachen konnte. Ich schnappte mir drei der Pfannkuchen und

56

war schon wieder im Treppenhaus. Vierter Stock. Dritter Stock. Zweiter Stock. Erster Stock. Erdge… Autsch! Ich war mit Herrn Friedrich zusammengestoßen.

»Mpappdokaump!«, quakte der, noch immer mit dem Schnorchel im Mund. Ob er mich dabei ansah, konnte ich nicht genau sagen. Die Taucherbrille war beschlagen. In den Händen hielt er zwei schwere Einkaufstüten.

»Tag auch, Herr Friedrich!«, rief ich.

»Gufrekkerbempel! Ihr Kinkr pfeig ang allm pfult, ihr Pfikrenpfleutrn!«, quakte er noch, aber da war ich schon draußen bei Ajas.

»Der hat wieder eine Stinklaune«, sagte er.

»Wie immer. Hier.« Ich gab ihm die Blini.

»Hm, lecker.« Ajas fing an zu futtern.

»Sind von gestern«, erklärte ich.

Ajas gab mir ein Stück ab, und wir aßen, ohne zu sprechen.

Als wir fertig waren, stand Ajas auf. »Ich glaube, ich muss dann mal los.«

»Was musst du denn machen?«, fragte ich.

Ajas trat von einem Fuß auf den anderen. »Ich muss Essen abholen«, sagte er dann.

»Ich könnte mitkommen«, schlug ich vor. Was Besseres zu tun hatte ich nicht. Ajas zuckte die Schultern. Also machten wir uns gemeinsam auf den Weg. Aus dem Augenwinkel linste ich zur Baustelle rüber. Die Arbeiter bauten wieder. Alle hatten orangefarbene Hosen an, keiner eine blaue. Unheimlich!

»Ich finde, die könnten ruhig mal aufhören, noch mehr von diesen Bauklötzen hier hinzustellen«, motzte Ajas. »Oder mal wen da wohnen lassen, mit dem man auch was anfangen kann.«

»Ja«, stimmte ich zu. »Wenn's nach mir ginge, könnten auch wir da einziehen.«

Wir liefen ein Stück weiter die Straße runter und dann durch einen Park. Dahinter ist ein Platz. Und da ist der Tafelladen. Ihr wart vielleicht noch nie in einem Tafelladen. Dann habt ihr jetzt zwei Möglichkeiten. Ihr könnt jemanden fragen, der da dauernd ist – und glaubt mir, ihr werdet bestimmt jemanden finden. Oder ihr lasst es euch von mir erzählen. Ich kenne mich da aus. Also, wenn ihr an so einen Laden denkt, dann stellt euch bloß keinen Supermarkt vor. So schick ist das da nicht. In einem Tafelladen gibt es Sachen, die bald ablaufen. Oder welche, die ein Restaurant übrig hatte und gespendet hat, damit sie nicht weggeworfen werden. Manchmal sind es auch Spenden von Leuten, die im Supermarkt einfach ein bisschen mehr eingekauft haben und was Gutes tun wollen. Und all das ist dann viel billiger als im normalen Supermarkt. Manchmal kriegt man auch einen Gutschein von irgendeinem Amt, mit dem man dort einkaufen kann.

Viele aus dem Kaninchenbau kaufen da ein. Weil sie nicht

genug Geld für den Supermarkt haben. Und das, obwohl die alle echt schuften, das könnt ihr mir glauben. Mama und Papa können sich den Supermarkt leisten. Wegen der Nachhilfe, die Papa nach der Arbeit gibt. Aber ich war schon oft mit den anderen hier. Die Leute, die den Laden schmeißen, sind echt nett. Man kriegt fast immer noch irgendwas geschenkt.

So war es auch heute. Als Ajas alles bekommen hatte, was er brauchte, drückte die nette Frau, bei der er bezahlt hatte, uns eine Tüte Erdnussflips in die Hand.

»Danke«, sagte Ajas grinsend. Er liebt Erdnussflips. Ich finde die auch nicht schlecht. Darum setzten wir uns im Park auf eine Bank und machten erst mal eine Flipspause. Es waren kaum Leute unterwegs. Wir unterhielten uns eine Weile über alles Mögliche, als ich plötzlich jemanden entdeckte. Martin. Er stand alleine am Eingang zum Park und guckte zu uns rüber. Ich winkte. Martin winkte zurück. Er hatte einen ziemlich großen blauen Fleck am Arm. Autsch! Skateboard oder so was, dachte ich. Ich winkte noch mal, und zack, ging sein Licht wieder an. Er fing an, Ajas nachzumachen, wie er auf der Bank saß und Erdnussflips aß.

Ich wedelte ihn zu uns, aber in dem Moment kam eine Frau. Sie blieb gar nicht stehen, als sie Martin erreicht hatte, sondern nahm ihn ziemlich grob am Handgelenkt und zog ihn mit sich. Und da wurde Martin wieder durchsichtig.

»Da!«, sagte ich leise zu Ajas. »Hast du den schon mal gesehen?«

Ajas guckte in die Richtung, in die ich gedeutet hatte.

»Nö«, sagte er, und es sprühte kleine Flipsstückchen aus seinem Mund. »Warum?«

»Der ist neu in unserer Klasse. Martin.«

»Aha«, sagte Ajas. »Und, ist er nett?«

»Weiß nicht. Aber lustig.«

»Verstehe«, sagte Ajas. Dann streckte er sich und guckte in die Sonne. »Ferien!«, seufzte er wohlig.

»Was hast du in den Ferien vor?«, fragte ich.

»Wenn Sarah auch Ferien hat, dann muss ich wahrscheinlich auf sie aufpassen.«

Ajas und Sarah haben noch zwei Geschwister: Kamran und Mahnusch.

Kamran macht eine Ausbildung zum Schreiner. Und Mahnusch arbeitet bei einem Frisör. Sie ist schon fertig mit der Ausbildung.

Es war wohl klar, dass die beiden nicht auf Sarah aufpassen konnten.

»Das kann ja vielleicht auch mal jemand anders machen«, sagte ich trotzdem. Irgendwer im Kaninchenbau war immer da, um auf die Kleinen aufzupassen. »Und wir machen dann was Cooles.«

»Davon kannst du ausgehen«, sagte Ajas.

Und dann kam die Ewigkeit

Tja, und dann machte unsere Freundin in den Nachrichten uns noch am selben Abend einen Strich durch die Rechnung. Es war nur ein einziges Wort: Verbot.

Davor hatte sie noch irgendwas anderes gesagt und danach auch. Aber das war mir egal. Verbot.

Ich zählte die Buchstaben. Sechs. Und ich kann euch sagen, ich habe sie in der Zeit, die dann kam, noch oft gezählt. Ich weiß es also ganz genau. Es sind sechs. Genauso viele, wie es Tage in der Woche gibt. Sechs Tage und dann noch den Sonntag. Sonntage sind gut. Da hat man frei. Und man macht auch sonst nichts, was einen zum Beispiel an Samstagen vom Freihaben abhält. So Sachen wie aufräumen oder mal das Zimmer staubsaugen oder beim Einkaufen helfen. Aber dieses eine Wort mit den sechs Buchstaben, das machte sogar den Sonntag kaputt. Ich wusste das noch nicht, aber genau in dem Moment, als die Nachrichtenfrau dieses Sechsbuchstabenwort sagte, ließ sie dem Sonntag die Luft raus. Und gleichzeitig verriegelte sie im ganzen Haus auf einen Schlag die Türen. Als gäbe es da in ihrem Nachrichtenstudio einen Knopf, mit dem sie alles abschließen konnte. Wir sollten drinbleiben. Weil unser Atem gefährlich sei. Und auch wenn wir andere anfassten.

»Aber wenn das alles so gefährlich ist, wie können wir denn dann überhaupt noch da sein?«, fragte Papa schlechtgelaunt.

Wenn die Stimmung vorher schon irgendwie seltsam gewesen war, dann gab es jetzt kein Wort mehr dafür. Überhaupt schien die Nachrichtenfrau mit ihrem Knopf auch alle Wörter eingesogen und gegen andere ausgetauscht zu haben. Statt so normale Dinge wie »Hof«, »draußen«, »Abendessen« oder vielleicht auch »Zahnbürste« gab es jetzt neue Wörter. »Konzept«, »Hygiene«, »Isolation«, »Distanz« und noch viel mehr Buchstabensalat, den ich nicht mal aussprechen kann. Aber im Gegensatz zu allen anderen hatten diese Wörter keinen Klang. Sie waren still, und immer wenn jemand sie sagte, verbreiteten sie nur noch mehr Stille. So kam es, dass es im Kaninchenbau von einem Tag auf den anderen einsam wurde. Die Stille der neuen Wörter machte es sich bei uns gemütlich wie ein Gast, den man nicht eingeladen hat, und drängte alles andere zur Seite.

Unterbrochen wurde sie nur abends. Wenn alle die Fernseher anschalteten, um von unserer neuen besten Freundin zu erfahren, wie der nächste Tag aussehen sollte, was wir durften und was nicht. Manchmal hatte die Nachrichtenfrau auch frei, und ein Mann übernahm es, uns Bescheid zu geben. Mir war die Frau lieber. Sie schnappte zwischen den Sätzen immer so lustig nach Luft, als könnte sie auch nicht glauben, was sie da gerade vorgelesen hatte. Vielleicht war sie mit Frau Niemann verwandt. Möglich, oder?

»Und all das nur, weil ein paar Leute krank sind?«, motzte Nini am nächsten Morgen beim Frühstück.

»Es sind nicht nur ein paar Leute, und das ist schon alles richtig«, sagte Natti, die heute Schule hatte. »Nur, wenn alle zusammenhalten kriegen wir das hin.« Sie hatte gut reden. Sie durfte ja wenigstens raus. Mama auch. Die Nachrichtenfrau hatte das so erklärt: Menschen, die putzten, so wie Mama, waren wichtig. Und nur die, die wichtig waren, sollten noch zur Arbeit gehen. Papa hatte ein bisschen beleidigt geguckt, als sie das gesagt hatte.

»Und die Menschen, die auf die Kinder aufpassen, sind nicht wichtig?«, hatte er gemurmelt.

Keiner von uns hat was dazu gesagt. Aber ich glaube, Mama war es ein bisschen unangenehm. Jedenfalls war Papa, seitdem die Nachrichtenfrau das Verbot ausgesprochen hatte, genauso zu Hause gefangen wie wir, was die Sache nicht unbedingt besser machte. Mama versuchte zwar dann doch immer wieder, ihm zu erklären, dass es dabei gar nicht um ihn persönlich gehe, weil die, die das beschlossen hätten, ihn ja gar nicht kannten, aber das half nicht. Papa hatte kein Ohr für Erklärungen. Natti allerdings war wohl

63

sogar noch wichtiger als Mama. Als Krankenschwester sei sie sogar »systemrelevant«, sagte die Nachrichtenfrau. Denkt bloß nicht, ich wäre dumm. Aber ganz ehrlich, ich hatte keine Ahnung, was dieses und all die anderen lärmfressenden Wörter bedeuteten. Aber als ich Natti ein paar Tage, nachdem sie das in den Nachrichten gesagt hatten, erklärte, sie sei dran mit Tischdecken, sagte sie bloß: »Geh mir aus der Sonne. Ich bin systemrelevant.«

Na, bravo!

Jetzt ist es übrigens so weit. An dieser Stelle der Geschichte kommt die Ewigkeit ins Spiel. Schnallt euch an, wir starten!

Zehn, neun, acht, sieben, sechs, fünf, vier, drei, zwei, eins, null. Null ------

Seht ihr? Nichts. Das ist die Ewigkeit. Ich habe sie kennengelernt. Was denn? Ihr kennt sie auch? Dann seid ihr sicher meiner Meinung: Sie ist nicht so toll!

Die nächsten Tage vergingen einfach nicht. Konnten sie ja gar nicht. Ohne die anderen. Ohne den Hof. Ohne Oma und Opa. Und vor allem ohne Paula. Ja, richtig. Nicht mal Paula durfte noch zu uns. Nini hatte vorgeschlagen, dass wir uns einfach in unsere offenen Wohnungstüren setzen könnten, um uns zu unterhalten. Aber das hatten Mama, Papa und Vicky verboten. Und Papa kontrollierte eisern. Wie Mama und Natti ging auch Vicky weiter zur Arbeit. Brot braucht jeder. Das sah Papa ein. Auch die Eltern von Ebo und Ajas gingen jeden Morgen und kamen erst spät zurück. Ich weiß gar nicht, was die machen. Aber es muss dann wohl auch sehr wichtig sein. Viel Geld verdienen sie damit aber anscheinend nicht. Sonst wäre ihr Kühlschrank ja voll.

Ab und zu, wenn Papa einkaufen war oder Mittagsschlaf machte oder so, schlichen Nini und ich uns ins Treppenhaus. Es war richtig unheimlich. Wenn mal welche weiter unten zufällig aneinander vorbeigingen auf dem Weg zur Arbeit oder zum Einkaufen, dann passierte das stumm. Niemand sagte hallo. Alle senkten den Kopf und beeilten sich, aneinander vorbeizukommen. Als hätten sie auf einmal Angst voreinander. Oder vielleicht auch wegen des Atems? Noch nicht mal die Tochter der Meiers kam mehr zu Besuch, wie sonst fast jeden Abend. Im Kaninchenbau war Stille eingekehrt.

Nini und ich hatten keine Angst. Aber wir trauten uns trotzdem nicht, bei Paula zu klingeln, selbst wenn Vicky bei der Arbeit war. Wie Paulas Ewigkeit sich wohl anfühlte? Ich hatte wenigstens Nini. Aber sie? Ich stellte mir vor, wie sie durch ein schwarzes Nichts trieb, in dem nur böse Nullen herumschwebten. Sie war ganz alleine. Klar hatten wir unsere Klopfzeichen und auch die Eimerpost. Aber habt ihr schon mal versucht, euch mit handgeschriebenen Zetteln zu unterhalten? Das macht keinen Spaß. Wenn wir wenigstens Handys gehabt hätten.

Es ist ja nicht so, dass ich Mama und Papa nicht schon längst darauf hingewiesen hätte, dass wir dringend welche brauchten. Auch so, versteht ihr? Damit wir darauf Spiele spielen können und all das. Aber auf dem Ohr waren sie immer taub gewesen. Und jetzt hatten wir den Salat. Wir versuchten auch, uns mit Paula über unser normales Telefon zu unterhalten. Aber da merkten wir schnell, dass man ja auch nicht den ganzen Tag reden kann.

Es war wie eine schiefgegangene Zeitreise. Während Paula durch die Ewigkeit schwebte, waren Nini und ich in der Zeitkapsel gefangen. Ohne Funk und mit einem kaputten Zeit-o-Meter oder wie das heißt. Ihr wisst, was ich meine, oder? Wir hatten nur noch uns. Uns und dieses eine Crew-Mitglied, das irgendwie nicht zur Gruppe passt und trotzdem immer da ist. Papa.

Zuerst war Papa voller Tatendrang.

»Es ist doch auch ganz schön, mal Zeit füreinander zu haben«, fand er. »Und jetzt kann ich ja auch endlich die ganzen Dinge anpacken, die im Alltag immer liegenbleiben.« Niemand sonst in unserer Familie hielt das für eine gute Idee. Die Dusche, die Papa wegen uns hatte reparieren müssen, tropfte noch mehr als vorher, und seltsamerweise hatte seitdem auch die Badewanne eine ziemliche Macke. Aber niemand traute sich, Papa von dem Plan abzubringen.

Als Erstes tobte er sich in der Küche aus. Zum Glück hielt er Nini und mich da raus, denn als Mama am Abend nach Hause kam, standen alle Teller und Tassen auf dem Küchentisch, und der Hängeschrank, in den sie eigentlich gehörten, lag in drei Teilen auf dem Boden. Er sah nicht so aus, als ginge es ihm nun besser als in all den Jahren, in denen er schief an der Wand gehangen hatte.

Dann kam das Blumenregal im Wohnzimmer dran. Leider zerstörte Papa, bevor er das lose Brett durch ein neues ersetzte, fast alle von Mamas Lieblingspflanzen und zerdepperte auch noch die Vase, die er ihr zu unserer Geburt geschenkt hatte. Und wisst ihr was? Das war der Moment, in dem ich wusste: Ralfs Gesetz stimmte nicht. Das mit der unverletzlichen Wohnung. Unsere jedenfalls kam mir auf einmal sogar sehr verletzlich vor.

Als Papa am nächsten Tag verkündete, heute würde er sich um die lose Diele im Flur kümmern, sagte Mama: »Dann lassen der Zwerg und ich uns von dir scheiden.« Aber das hielt Papa nicht davon ab, die arme Diele kaputtzureparieren. Die allerdings war es auch, die ihn letztlich kleinkriegte. Sie schlug einfach zurück. Erst mit ein paar Splittern, die Papa sich in Finger und Füße rammte, und dann mit einem ordentlichen Knall, als sie, statt sich festnageln zu lassen, nach oben schnellte und Papa einen solchen Klatscher auf den Po verpasste, dass er zwei Tage lang nicht mehr richtig sitzen konnte. Nini und ich flüchteten in unser Zimmer, weil wir so lachen mussten.

»Jetzt können wir aufatmen«, sagte Nini. »Das war's mit Papas Eifer.«

Sie hatte recht. Aber hätten wir gewusst, was dann kam, wären wir sogar auf die Suche gegangen nach Dingen, die Papa kaputt machen konnte. Denn nach der Sache mit der Diele wurde auch er still. Einfach nur still wie alles um uns. Er saß auf dem Sofa und sah fern. Stundenlang, ohne wirklich hinzugucken, was auch kein Wunder war. Weil Papas Fernsehprogramm stinklangweilig war. Nicht mal Fußball gab es noch, weil die Nachrichtenfrau auch das als verboten gemeldet hatte. Nini und ich hatten einmal mit ihm geguckt, aber wir waren sehr schnell freiwillig gegangen.

Die meiste Zeit saßen wir jetzt in unserem Zimmer. Ich versuchte, mich mit meinen Comics abzulenken, die ich schon tausendmal gelesen hatte, und Nini guckte aus dem Fenster in die leergefegte Welt. Manchmal erzählte sie mir, was sie sah. Aber außer der traurigen Nachbarin, ein paar Vögeln und Wolken in Tierform und Dreck auf der Fensterscheibe war es nicht viel. Okay, da war Herr Friedrich, der ziemlich oft mit seiner Taucherbrille und im Regenmantel draußen herumstiefelte.

»Das muss sein heimlicher Traum gewesen sein«, sagte Nini, als er wieder mal unter unserem Fenster entlangkam.

»Was?«, wollte ich wissen.

»Niemand auf der Straße außer ihm.«

Stimmt. So oft hatte ich Herrn Friedrich noch nie draußen gesehen. Sonst verkroch er sich immer.

Nur einmal ging sein Traum nicht in Erfüllung.

»Oh, oh«, kommentierte Nini, was sie sah. Ich ging nachsehen, was los war. Herr Friedrich war unten. Aber er war nicht alleine. Der Neue aus unserer Klasse, Martin, stand ihm gegenüber. Mit einigem Abstand. Die beiden guckten sich an, als würden sie nur durch Starren entscheiden können, wer Platz machen musste. Und ich muss euch sagen, das war sehr seltsam. Denn Martin schwankte die ganze Zeit zwischen durchsichtig und nicht durchsichtig. Als könne er sich nicht entscheiden, ob er Herrn Friedrich lieber auslachen sollte wegen seines Aufzugs oder ob er ihn gruselig finden sollte.

»Ist ja nicht so, dass die Straße breit genug wäre«, murmelte ich. Ich überlegte, ob ich das Fenster aufmachen sollte und runterrufen, dass Martin Herrn Friedrich lieber aus dem Weg gehen sollte. Doch da machte er schon Platz. Herr Friedrich ging weiter. Aber nicht nach Hause. Er stiefelte die Straße runter, an der Baustelle vorbei, und dann konnten wir ihn vom Fenster aus nicht mehr sehen. Martin dagegen drehte auf einmal den Kopf und guckte zu uns hoch. Dann wurde er richtig sichtbar und winkte. Nini und ich winkten zurück. Martin blieb noch kurz stehen. Dann zuckte er zusammen, als hätte er was gehört, was wir hier oben hinter unserem geschlossenen Fenster nicht hören konnten. Er drehte sich auf dem Absatz um und lief die Straße hinauf.

Nini sah Martin noch einmal, es war vielleicht ein paar Tage später.

»Da ist er wieder«, informierte sie mich. »Er steht vor der Baustelle.«

Aber als ich aufstand, um nachzusehen, was er machte, war er schon verschwunden.

»Weil du immer so trödelst«, sagte Nini nur.

»Konnte man ihn sehen?«, fragte ich.

Nini fand wohl, ich hätte nicht alle Tassen im Schrank.

»Natürlich konnte man ihn sehen. Woher wüsste ich denn sonst, dass er da war?«

»Ach, ich dachte bloß«, sagte ich. »Und wo ist er jetzt hin?«

»Weg eben«, sagte sie. »Die Straße runter.«

O Mann, allmählich verabschiedete sich Ninis Laune auch die Straße runter.

»Was soll man denn bloß mit so viel Zeit anfangen?«, fragte sie mich am siebten Tag. Oder war es der achte? Oder waren vielleicht sogar schon Wochen vergangen? Ich wusste es wirklich nicht. Denn das ist die Ewigkeit. Hier gibt es keine Minuten, keine Tage und keine Wochen. Es gibt kein Vorher von irgendwas, kein Nachher, in das man Sachen wie die Hausaufgaben aufschieben könnte. Und vor allem gibt es kein Jetzt. Alles fließt ineinander wie Schoko- und Vanilleeis in einem Schälchen, das zu lange in der Sonne gestanden hat. Und die Ewigkeit ist genauso zäh und klebrig.

»Ist heute Sonntag? Ich will nie wieder Sonntag haben!«, sagte ich.

»Ich glaube, es ist Frühling«, antwortete Nini. Als ergäbe das irgendeinen Sinn. »Glaubst du, die Bäume blühen?«

»Guck doch einfach zum Fenster raus«, sagte ich.

Nini nickte. »Aber vielleicht sieht es nur so aus? Wie kannst du wissen, dass sie wirklich blühen, wenn du sie nicht angefasst hast?«

Ich antwortete nicht. Was sollte man da auch sagen? Zum Reden braucht man außerdem Luft, wisst ihr das eigentlich? Und zum Atmen braucht man das Jetzt. Probiert es aus. Wenn ihr einatmet, ist es Jetzt. Wenn ihr ausatmet ist es wieder Jetzt. Vorher ist es zu früh und nachher zu spät. Seht ihr? Diese Ewigkeit schnürte uns die Luft ab.

Klingt die Stille anders, wenn man in ihr atmet?

Und dann brach ein Signal durch die Dunkelheit zu uns.

Keine Sorge, das ist jetzt nicht so was wie in Deutsch, wenn man ein Gedicht liest und der Dichter tolle Sätze aufgeschrieben hat, die aber keiner versteht. Es war wirklich so.

Es war Abend, und ich las zum tausendsten Mal einen meiner Comics. Nini stand wie immer am Fenster und guckte raus.

»Was gibt es denn so zu sehen?«, fragte ich. Es interessierte mich nicht wirklich, weil ich die Antwort schon kannte. Nichts. Es war ja niemand mehr unterwegs, außer zum Einkaufen. Und dafür war es jetzt schon zu spät. Ich fragte einfach nur so. Und darum rechnete ich auch kein bisschen mit Ninis Antwort.

»Ein Licht«, sagte sie.

Es dauerte eine Weile, bis ich merkte, dass sie nicht »Nichts« gesagt hatte. Ihre Antwort sickerte sehr langsam zu mir durch. Aber als sie ankam, war ich plötzlich hellwach.

»Ein Licht?« Ich sprang auf. »Ein Licht?« Ich trat zu ihr ans Fenster. Und da war wirklich ein Licht. Schräg gegenüber. Auf der Baustelle, im Weißen Loch Nummer 4, war jemand mit einer Taschenlampe unterwegs. Der Lichtstrahl bewegte sich von Raum zu Raum.

»Warum ist da nachts jemand auf der Baustelle?«, fragte Nini.

»Warum ist da überhaupt jemand?«, fragte ich.

»Was?«

»Warum ist da überhaupt jemand?«, wiederholte ich. »Die Baustelle steht doch still, seit wir nicht mehr raus dürfen.«

»Hm«, machte Nini. »Was will da also jemand?«

»Sich mal umsehen, ob er das Haus mieten will?«, schlug ich vor.

»Ja, klar.« Nini schnaubte. »Mitten in der Nacht.«

Okay, ich geb's zu. Das war nicht sehr logisch.

Die Taschenlampe ging aus.

»Und jetzt? Hat er genug gesehen?«, fragte Nini schnippisch.

»Weiß ich doch nicht«, murmelte ich. Wir warteten. Aber das Licht ging nicht wieder an. Nach einer Weile wurde es mir zu blöd, und ich las weiter in meinem Comic. Aber ich hatte noch nicht mal die erste Seite aufgeschlagen, da flüsterte Nini etwas.

»Was?«, fragte ich genervt. Das war ich neuerdings öfter.

74

»Da kommt er«, wiederholte Nini. Sie stürzte zum Lichtschalter. Im Dunkeln tapste sie zum Fenster zurück. Ich ließ meinen Comic sausen und ging zu ihr.

»Da, siehst du?«, wisperte sie. Unten, zwischen der Baustelle und dem Weißen Loch Nummer 3, kam gerade jemand auf die Straße. Die Gestalt war dunkel gekleidet, hatte eine Mütze tief ins Gesicht gezogen und eine Sporttasche dabei. Irgendwas Schweres musste darin sein. Die Taschenlampe war noch an, aber die Gestalt hatte sie auf den Weg gerichtet, so dass wir nichts erkennen konnten. Auf einmal stolperte sie. Echt jetzt? Der da unten war über die eigene Tasche gestolpert. So ein Tollpatsch! Die Taschenlampe fiel ihm aus der Hand, als er zu Boden ging. Und beleuchtete zwei blaue Hosenbeine. Und dunkelbraune Arbeiterschuhe.

Ich sog die Luft ein. Ach herrje!

»Das ist er!«, flüsterte Nini. Ja, wohl schon, aber *wer*? Wir sahen zu, wie er sich wieder hochrappelte. Er hob die Taschenlampe auf, und plötzlich leuchtete er genau in unsere Richtung.

»Runter!« Ich zog Nini nach unten. Wir duckten uns gerade so weit, dass unsere Nasenspitzen über die Fensterbank ragten.

»Ich sehe nichts mehr!«, beschwerte sich Nini. Ich schob mich langsam weiter nach oben, bis ich etwas wieder sehen konnte.

»Mist, er ist weg!« Ich stand auf und sah zu beiden Seiten

die Straße hinunter. Leer. Die blaue Hose hatte sich in Luft aufgelöst.

Die halbe Nacht lagen Nini und ich wach und dachten über das nach, was wir gesehen hatten. Wenn die blaue Hose in die Baustelle eingebrochen war, mussten wir das Mama und Papa sagen. Aber vielleicht war es ja auch gar kein Einbruch, und die blaue Hose gehörte irgendwie dazu? Außerdem konnten wir ihnen ja schlecht erzählen, warum wir die blaue Hose kannten.

»Wir stecken in einer Zwickmühle«, sagte ich.

»Also, was tun wir?«, fragte Nini und gähnte.

»Nichts«, schlug ich vor. »Erst mal.«

»Aber wir behalten die Sache im Auge«, sagte Nini.

»Logisch«, sagte ich. Wir würden abwarten und uns auf die Lauer legen.

Aber das war leichter beschlossen als getan. Denn wir hatten dabei nicht an Papa gedacht.

Auch er hatte inzwischen wohl vergessen, wie viele Tage oder Wochen vergangen waren. Aber es kam der Zeitpunkt, da wurde sogar ihm sein Fernsehprogramm zu langweilig. Also erinnerte er sich daran, dass nebenan zwei Zeitreisende hockten, die auch nichts zu tun hatten. Ständig klopfte er an unsere Tür und wollte nur mal schnell nach uns sehen, oder er fragte, ob wir vielleicht Lust auf Waffeln hätten. Meistens stand er dann ein bisschen bei uns rum, bis er bemerkte, dass wir nichts Tolles machten. Dann ging

76

er wieder und rief irgendwen an, der auch zu Hause saß. Oft waren das Oma und Opa, aber auch die hatten nicht genug zu erzählen, um jeden Tag mit Papa zu telefonieren. Irgendwen fand er trotzdem immer. Erstaunlich, von wie vielen Menschen Papa eine Telefonnummer hatte.

Nach sieben oder auch zwölf bis achthundert Tagen dann tat sich endlich wieder etwas. Frau Niemann rief an, um Papa zu erklären, dass nun, nachdem man sich ein wenig sortiert habe, der Unterricht wiederaufgenommen werde.

Beim Abendessen, für das die systemrelevante Natti schon wieder nicht den Tisch gedeckt hatte, erklärte Mama: »Ab morgen ist wieder Schule.«

»Ach, super!«, sagte Nini trocken.

»Aber Nini, das ist doch auch gut. Sieh mal …«, fing Mama an. Aber sie musste gar nicht erklären, was daran gut war. Nini hatte das ernst gemeint. Und, ob ihr es glaubt, oder nicht: Ich sah die Sache genauso wie sie. Alles war besser, als auch nur noch einen Tag länger eingesperrt zu sein.

»Dann ist alles vorbei? Sind alle wieder gesund?« Ich überlegte schon, was ich als Erstes machen würde. Bei Ajas klingeln? Bei Ebo? Nein, natürlich erst mal bei Paula.

»Nein, wie kommst du darauf?«, fragte Mama.

»Na, wenn wir wieder in die Schule gehen, dürfen wir doch wieder raus.« Ich sah Papa an. »Und du auch? Da freust du dich sicher.«

Papa und Mama warfen sich einen Blick zu.

»Ihr dürft nicht wieder raus«, sagte Papa dann. »Der Unterricht findet hier statt.«

Was? Ich verschluckte mich fast.

»Frau Niemann kommt zu uns? Hierher? Und warum darf *sie* das?«, keuchte Nini. »Was ist überhaupt mit Herrn Tanzer? Ist der noch immer krank?«

Das waren zwei sehr gute Fragen. Die noch viel bessere Frage aber war: Wollte ich meine Lehrerin bei uns zu Hause haben? Darauf wusste ich eine klare Antwort, für die ich auch keine Nachrichtenfrau brauchte. Auf. Keinen. Fall!

»Herr Tanzer ist wohl noch immer krank. Und nein, Frau Niemann wird nicht herkommen.« Papa schüttelte heftig den Kopf. Oh, gut. Er hatte das verhindert! Man konnte sich eben doch auf ihn verlassen, wenn es hart auf hart kam. Ich wollte ihm gerade um den Hals fallen, da sprach er weiter.

»Der Unterricht soll über Videokonferenzen stattfinden.«

Nini und ich zogen gleichzeitig eine Schnute.

»Wir haben keinen Computer, erinnert ihr euch?«, sagte ich, als Papa und Mama uns verwirrt ansahen.

»Oh«, machten sie gleichzeitig. Sie hatten es wirklich vergessen.

Keine Handys, kein Computer. Haltet meine Familie bloß nicht für irgendwelche Hinterwäldler. Wir hatten einen Laptop – bis vor kurzem. Genauer gesagt, Natti hatte einen. Sie brauchte ihn für ihre Ausbildung. Aber er war schon nicht mehr der Jüngste, weil wir ihn von Grusel-Ralf bekommen hatten, als der sich einen neuen zugelegt hatte. Und ziemlich bald hat der Laptop dann endgültig den Geist aufgegeben. Einfach so, von einer Sekunde auf die andere. Mausetot. Seitdem benutzt Natti den von ihrer besten Freundin, wenn die ihn gerade nicht braucht. Das ist unpraktisch, aber es geht nicht anders.

Mama streichelte ihren Bauch. Der Zwerg veranstaltete darin wohl gerade eine Strampelparty.

»Das ist ein Problem«, sagte sie.

»Vicky hat einen Laptop!«, rief Nini. »Wir könnten mit Paula zusammen lernen.«

Eine gute Idee. Aber Mama ließ sich nicht hinters Licht führen.

»Das geht nicht, und das weißt du auch, Ninotschki.«

»Tja, dann müssen wir wohl zusehen, dass wir einen Rechner kaufen«, murmelte Papa.

»Und wovon?«, fragte Mama. »Es ist ja nicht so, dass wir, seitdem du keine Nachhilfe mehr geben kannst, mehr Geld hätten.«

»Macht euch keinen Kopf«, beruhigte ich meine Eltern. »Wir müssen ja nicht unbedingt Schule haben. Das holen wir schon wieder auf, nicht wahr, Nini?«

Nini nickte traurig. Mama und Papa dagegen guckten mich an, als schlüpfte aus meiner Nase gerade ein lilafarbener Alien oder so was.

79

»Wir werden eine Lösung finden«, sagte Papa zu Mama. Es hörte sich nicht so an, als würde er sich selbst glauben. Damit war das Thema vorerst beendet. Am nächsten Morgen jedenfalls blieb alles beim Alten. Wir hatten keine Schule. Paula schon, wie sie uns über die Eimerpost mitteilte.

Wer ist denn alles da?, fragten wir.

Der Zettel, der zurückkam, sorgte dafür, dass Paula mir noch mehr leidtat als sowieso schon.

Ich. Und Cem, Kerim, Luisa, Martin.

Nur fünf? Wir waren 19 in der Klasse. Wo war denn der Rest? Hatten die auch alle keine Computer? Wow, das hätte ich nicht gedacht. Dabei war eines der Hauptthemen in unserer Klasse, wer gerade was zockte. Erzählten wir uns etwa alle Quatsch, und in Wahrheit zockte gar keiner von uns?

Und Martin?, fragte Nini. *Ist der immer noch so witzig?*

Er macht Faxen, schrieb Paula. *Aber er redet nicht.*

Dann stand die Eimerpost wieder still. Paula musste Hausaufgaben machen. Sie fragte nicht, ob wir sie auch machen wollten, weil sie eine gute Freundin war. Aber ganz ehrlich, ich war kurz davor. Und abgesehen davon merkte ich noch etwas. Ich war neidisch auf Paula. Weil sie Leute sah. Gut, es waren bloß Cem, Kerim, Luisa und Martin. Und sie waren auch nur auf einem Bildschirm. Aber das war doch meilenweit besser als nichts. Und dann wurde ich sogar ein bisschen böse auf sie. Weil es sich anfühlte, als wäre unsere verlorengegangene Zeitreisende von anderen Abenteurern gerettet worden und funkte uns fröhlich »Auf Wiedersehen«.

Funken? Augenblick mal. Da kam mir eine Idee. Genau in dieser Sekunde platzte sie wie eine Seifenblase in meinem Kopf und verteilte sich in meinem ganzen Körper. Das fühlte sich an wie Glück. Und Aufregung. Und Abenteuer. Ja! Wir konnten unser verlorengegangenes Crewmitglied zurückholen. Ein bisschen zumindest!

»Nini!«, rief ich so laut, dass Nini einen erschrockenen Satz machte. Sie hatte mal wieder am Fenster gestanden und rausgeguckt.

»Was?«, fragte sie, starrte aber gleich wieder zum Fenster raus.

»Wir müssen in den Keller«, sagte ich aufgeregt.

»Aha«, antwortete Nini.

Das war nicht die richtige Antwort. Aber sie hatte wohl selbst gar nicht mitbekommen, was sie gesagt hatte, vor lauter Starren.

»Ist die blaue Hose zurück?«, wollte ich wissen. Ich drängelte sie zur Seite. Aber da war nicht die blaue Hose.

Da war wieder Martin.

Er kam die Straße runter, mit ein paar Tüten beladen. Mir fiel auf, dass er wieder einen riesigen Bluterguss am Arm hatte. Ich nahm mir vor, mit ihm das Skateboard fahren zu üben, sobald wir wieder rausdurften.

81

»Sieht so aus, als wäre er einkaufen gewesen«, meinte Nini.

»Warum darf er eigentlich raus und wir nicht?«

»Vielleicht haben seine Eltern auch wichtige Jobs und keine Zeit zum Einkaufen.«

Ich dachte an die Frau, mit der ich Martin gesehen hatte. Die hatte tatsächlich nicht viel Zeit gehabt.

Ich winkte. Vielleicht würde Martin es sehen und irgendwas Lustiges machen.

Er sah es nicht. Er ging einfach die Straße runter. Ich zog Nini vom Fenster weg.

»Also, wir müssen in den Keller«, wiederholte ich.

»Warum?«, fragte sie.

»Wart's ab.«

»Aber wir können nicht beide in den Keller«, sagte Nini. »Das erlaubt Papa niemals!«

»Du bist doch so gut im Ablenken. Denk dir was aus. Und bevor er was merkt, bin ich schon zurück.«

Nini verdrehte die Augen. »Aber ...«

»Vertrau mir! Ich habe eine bombastische Idee!«

Nini seufzte. Aber dann kam sie mit mir in den Flur.

»Okay, los geht's!«, sagte ich. Nini machte die Wohnzimmertür auf und rief nach Papa, genau in dem Moment, in dem ich die Wohnungstür öffnete. Ihr Quietschen ging in Ninis Rufen unter, und ich war draußen, ehe Papa überhaupt geantwortet hatte.

Ich raste die Treppe runter, als hätte ich ein Rennen zu gewinnen. Das Treppenhaus war leer. Aus Frau Kirchners Wohnung kam wieder dieses Knarzen, wie neulich. Bei den Lehnhardts hörte ich laute Stimmen. Die hatten sich wohl in der Wolle.

Eine Minute später war ich im Keller und tastete nach dem Lichtschalter. Das frage ich mich übrigens immer wieder: Wer hatte diese blöde Idee, den Lichtschalter innen in den Kellergang zu bauen? Es geht doch wirklich niemand gerne in den dunklen Keller und macht erst Licht, wenn die Kellertür schon zugefallen ist. Einen kurzen Augenblick stand ich im Dunkeln und patschte mit der Hand an der Wand entlang. Die war rau und feucht, und hier unten war es sogar noch leiser als im Treppenhaus. Okay, mal abgesehen von den Lehnhardts. Vielleicht hört sich Stille anders an, wenn jemand darin atmet, überlegte ich. Selbst wenn er das hinter einer geschlossenen Wohnungstür tut. Es roch muffig. So wie verschimmelte Äpfel, falls ihr die schon mal gerochen habt. Wo war nur dieser blöde Schalter? Auf einmal raschelte es. Ich hielt die Luft an. Das kam von irgendwo weiter hinten im Gang. Hoffentlich keine Ratte, dachte ich. Ratten finde ich supergruselig. Wir hatten in der Schule mal welche. Da war sofort eine ganze Mannschaft angebraust gekommen, um die zu vertreiben. Und Herr Tanzer hatte damals erklärt, Ratten würden alle möglichen Krankheiten mit sich rumschleppen, weswegen sie nicht in einer Schule wohnen könnten.

Ob die Ratten wohl auch für diese Krankheit da draußen zuständig waren? Super! Jetzt gruselte ich mich noch mehr.

Wieder raschelte es. Sollte ich Licht machen? Meine Hand hatte endlich den Schalter gefunden.

Das Rascheln im hinteren Teil des Kellers wurde lauter. Wie viele Ratten konnten das sein?

Plötzlich krachte etwas zu Boden.

»Argh!«, drang es aus dem hinteren Kellerteil. Keine Ratten. Definitiv. Keine. Ratten. Das hier klang fürchterlich menschlich!

»Grrrmmmmmmppph!«, schallte es durch die Dunkelheit zu mir. »Uarchchch!«

War da jemand verletzt? Sollte ich nachsehen?

Es krachte wieder. Dann klapperte etwas. Jemand rüttelte an den Holzlatten, die die Kellerabteile voneinander abtrennen.

War er verletzt UND eingesperrt? Mein Herz machte einen Satz. Was, wenn hier unten jemand gefangen gehalten wurde? Und schon ging eine ganze Reihe von Filmen in meinem Kopf los, die ich gesehen hatte, obwohl Mama und Papa es nicht erlaubt hatten. Ich dachte, ich hätte sie längst vergessen. Aber da hatte ich mich wohl getäuscht! Sie waren so was von da, ratterten alle gleichzeitig los, und ich fand die Stopptaste nicht. Haie, Piraten, Aliens, Gauner, Mörder und sonstiges fieses Gesindel machten sich da breit. Ich war kurz vor einem Herzinfarkt, da splitterte hinten im Keller etwas, und ein Keuchen ertönte. Dann hörte ich ein Schlurfen. Und auf einmal klickte es. Dieses Mal in mir drin. Es machte Klick, weil der Schalter umsprang. Geistesgegenwärtig machte ich im Dunkeln einen Satz in die andere Richtung und drückte mich ein Stück von der Tür entfernt an die Holzlatten der Abteile. Wie eingefroren stand ich da. Das mit dem Atmen ließ ich auch lieber sein, falls ich recht hatte und die Stille dann anders klang. Das Schlurfen kam immer näher. Aber wer da auch schlurfte, er entdeckte mich nicht. Und dann ging auf einmal das Licht an. Ich hätte beinahe gekreischt vor Schreck, aber ich konnte mich gerade noch beherrschen! Stocksteif blieb ich stehen und kniff die Augen zu. Ich hörte ein Quietschen. Die Kellertür. Das Schlurfen entfernte sich Richtung Treppenhaus. Mit übermenschlicher Kraft schaffte ich es, die Augen aufzumachen. Die Kellertür fiel gerade zu. Aber in dem kurzen Moment davor, im Licht des Treppenhauses, sah ich sie. Blaue Hosenbeine und schwere Arbeiterschuhe.

Ich war wie gelähmt. Das war jemand aus dem Kaninchenbau? Sollte ich ihm folgen? Leise schlich ich zur Kellertür. Da gab es nur ein Problem. Wenn ich sie zu früh aufmachte, verriet mich das Quietschen. Zu spät, und er war weg. Keine Chance.

»Dann also die Kisten«, murmelte ich. So war wenigstens mein Plan nicht zunichte.

In Windeseile durchsuchte ich erst die Regale und dann die Kisten in unserem Kellerabteil. In der fünften Kiste wurde ich endlich fündig! Meine vier Walkie-Talkies! Das waren so bunte Kinderfunkgeräte, die ich vor bestimmt einer Million Jahren mal zum Geburtstag bekommen hatte. Eine Weile hatten Paula, Nini und ich jeden Tag damit gespielt. Wirklich jeden. Irgendwann waren uns die bunten Dinger dann aber peinlich geworden. Und das sind sie auch immer noch, nur dass wir uns richtig verstehen. Aber es gibt Momente im Leben, da kann man sich nicht darum kümmern, ob etwas peinlich ist. Da muss man handeln. Ich nahm die Geräte aus der Kiste und stopfte sie mir in die Hosentaschen. Jetzt nichts wie raus hier, dachte ich. Aber als ich zur Kellertür ging, zögerte ich. Was, wenn ich einen Blick … Schon war ich auf dem Weg nach hinten, wo die blaue Hose sich zu schaffen gemacht hatte. Welches der Abteile war es? Da war Holz gesplittert, richtig? Ich hielt nach einer kaputten Latte Ausschau, und tatsächlich, beim letzten Abteil war in der Tür ein Stück rausgebrochen. Ich zog leicht daran. Aber die Tür war verschlossen. Nicht mit einem kleinen Vorhängeschloss, wie die meisten hier, wenn sie nicht, wie unser Abteil, sogar ganz offen waren. Diese Tür hier wurde von einer dicken Kette gesichert. Und noch etwas war anders. Hier waren alle Wände mit Pappe beklebt, so dass man nicht ins Innere gucken konnte. Bloß an der Stelle, wo die Latte gebrochen war, war die Pappe eingerissen. Ich spähte durch den Riss. Das Abteil war vollgestellt wie alle. Nur hier waren die Sachen mit Folie zugedeckt. Diese Folie, die außen goldfarben und auf der anderen Seite silbern ist, wisst ihr? Warum? War das hier etwa das geheime Lager der blauen Hose? War der Typ noch in andere Häuser eingebrochen und versteckte hier sein Diebesgut? Sicher war, dass da jemand wirklich etwas zu verbergen hatte. Und wie es aussah, war es einer von uns! Oder er war auch hier eingebrochen, und der wahre Besitzer des Kellers hatte keine Ahnung. Was möglich war, wenn die blaue Hose sich hier reingeschlichen hatte, als wir alle schon in der Ewigkeit herumschwebten.

Aus dem Treppenhaus hörte ich Schritte. Zeit, zu verschwinden. Gleich würde sicher auch das Licht wieder ausgehen, es funktionierte mit einer Zeitschaltuhr. Aber eines war klar! Ich würde wiederkommen.

Die Zeitreisenden kehren zurück

Das Treppenhaus war leer, als ich es betrat. Weiter oben ging gerade eine Tür zu. Bei den Lehnhardts war es wieder still. Ich schlich mich zur Treppe, da hörte ich ein leises Knarren.

»Nikosch?«, flüsterte eine Stimme, die wie aus einer anderen Zeit zu mir kam.

»Ajas!« Ich drehte mich um. Die Tür der Shirvanis war nur einen winzigen Spaltbreit geöffnet, so dass man es fast hätte übersehen können.

»Was machst du hier?«, wisperte Ajas.

»Ich war im Keller, aber da …« Ich brach ab. Unmöglich konnte ich hier im Treppenhaus stehen und Ajas in Ruhe alles erklären, was sich ereignet hatte. Aber ich hatte eine Idee. Schnell zog ich eins der Funkgeräte aus der Tasche. »Hier«, flüsterte ich und schob es ihm durch den Türspalt zu. »Keine Ahnung, ob es noch funktioniert. Kanal 1. In einer halben Stunde.«

»Alles klar«, flüsterte Ajas. Dann schloss sich die Tür. Ich flitzte nach oben.

Im dritten Stock wurde hastig die Tür von Familie Yilmaz geschlossen, als ich vorbeikam. Die ganze Zeit über lauschte ich darauf, ob ich vielleicht ein Schlurfen hörte. Aber es blieb still.

Oben bei uns wartete dafür gleich der nächste Fast-Herzinfarkt auf mich. Denn kaum kam ich zu unserer Wohnungstür rein, sprang Nini auf mich zu, als würde sie von einer Horde Riesenspinnen verfolgt.

»Papa ist wahnsinnig geworden«, flüsterte sie und deutete auf unser Zimmer. Da kamen seltsame Laute raus, beinahe so gruselig wie die, die ich gerade unten im Keller gehört hatte.

»Was macht er denn?«, wollte ich wissen. Es war besser, vorbereitet zu sein, dachte ich.

»Er repariert unser Bett«, klärte Nini mich mit sorgenvollem Gesicht auf.

»Du lässt Papa noch mal was reparieren?!« Das war ja nicht zu fassen. Außerdem war unser Bett doch noch nicht mal kaputt gewesen.

»Guck nicht so!«, rief Nini. »Was sollte ich mir denn so schnell aus den Fingern saugen? Noch mal die Dusche ging ja wohl nicht.«

Dieser Punkt ging ganz klar an sie.

»Also hast du ihm gesagt, das Bett wäre kaputt?«

»Jep«, sagte Nini. »Und jetzt haben wir den Salat.«

Ich schlich auf Zehenspitzen zu unserer Zimmertür und

linste hinein. Papa stand auf unserem Schreibtisch, den er unter dem Bett hervorgezogen hatte. Genauer gesagt, er stand auf einem unserer beiden Stühle, der wiederum auf dem Schreibtisch stand. Mit einer Hand hielt er sich am Hochbett fest. Mit der anderen hämmerte er an einer Latte herum, die bis vorhin noch fest und vor allem gerade deshalb daran angebracht gewesen war, um uns vor dem Rausfallen zu schützen. Jetzt hing sie schief und wackelig herum und sah nicht besonders vertrauenswürdig aus. Unsere Matratze, die Decken und Kissen lagen auf dem Boden verteilt.

Ihr fragt euch bestimmt schon, ob Papa unser Bett auch gebaut hat. Hat er nicht. Das waren Opa, Ebos Vater und Kamran Shirvani. Wir hatten es zum zehnten Geburtstag bekommen. Es war also noch nicht sehr alt.

»Lass ihn machen«, flüsterte ich. »Dann ist er wenigstens beschäftigt.«

Ich zog Nini in den Flur zurück.

»Tadaa!«, summte ich dort und holte die Walkie-Talkies hervor. Nini machte erst ein Gesicht, als wäre ich bekloppt, aber dann kapierte sie.

»Das ist genial, Nikosch! Ich wusste gar nicht, dass es die noch gibt! Gehen die noch?«

Sie probierte es sofort aus, indem sie erst auf den An-Knopf drückte und dann auf die Sprechtaste. Das Walkie-Talkie gab ein lautes Knacken von sich.

»Psst!«, machte ich. »Nicht hier.« Ich deutete auf unsere Zimmertür.

»Gleich funkt Ajas uns an. Falls sein Gerät noch geht.«

»Du hast mit Ajas gesprochen?« Nini machte Augen, die so groß waren wie zwei Frisbee-Scheiben.

»Erkläre ich dir später«, flüsterte ich. »Jetzt müssen wir zusehen, dass wir ein Gerät zu Paula rüberschmuggeln, bevor Papa was merkt.«

»Sollen wir klingeln?«

Ich schüttelte den Kopf. »Was, wenn Vicky zu Hause ist? Nehmen wir lieber die Eimerpost.«

Wir gingen in unser Zimmer. Papa hämmerte noch immer, als ginge es um sein Leben. Was vielleicht auch der Fall war, das hing ganz von der Latte ab.

»Na, wie kommst du voran?«, fragte Nini scheinheilig. Oh, oh. Keine gute Idee. Nini hatte ihn nur ablenken wollen, damit ich die Eimerpost bedienen konnte. Aber sie hatte dabei vergessen, dass sie es mit Papa zu tun hatte. Ich meine, wir reden hier von PAPA!

Papa sah sie an, hörte aber nicht auf zu hämmern, wie es jeder normale Mensch getan hätte, und hämmerte sich darum sofort auf den Daumen.

»Auuuu!«, brüllte er. Er riss den Arm hoch, wodurch er ins Wanken geriet. Und dann passierte, was passieren musste, einfach weil er es war, der hier auf einem Stuhl und einem Tisch balancierte. Der Stuhl kippte, von Papas Wanken angesteckt, nach vorne. Und Papa mit ihm. Er schaffte es gerade noch, die Arme auszubreiten wie ein Segelflieger. Die bleiben in der Luft, weil der Luftwiderstand sie oben hält. Habe ich irgendwo mal gehört. Papa allerdings war wohl zu schwer für die Luft. Er stürzte kopfüber nach vorne, und dann wurde es still. Das Poltern des Stuhles blieb aus, weil er auf Papa landete. Papa selbst polterte auch nicht, weil er eine spektakuläre Flugrolle hinlegte. Ich muss gestehen, dass ich ihn ein bisschen dafür bewunderte.

Leider schlitterte er mit dem Teppich ein Stück durchs Zimmer über die rutschigen Dielen. Er versuchte, seine Schlitterpartie aufzuhalten, indem er sich am Vorhang festhielt, als er daran vorbeikam. Das stoppte ihn zwar, aber die Vorhangstange war nicht stark genug für das Gewicht eines ausgewachsenen Schlitterers. Es machte *Kracks*, und sie knallte Papa auf den Kopf.

»Argh!«, gurgelte der Arme und versuchte, sich aus dem Vorhangwust zu befreien. Dabei verhedderte er sich nur noch mehr.

»Los, Nikosch, jetzt!«, flüsterte Nini. Ich machte einen Satz zum Fenster, öffnete es und schickte den Eimer mit einem der Walkie-Talkies zu Paula rüber. Dann schloss ich das Fenster wieder, flitzte zur Wand und klopfte.

»Papa, stopp!«, rief Nini. Einerseits, um mein Klopfen zu übertönen, andererseits, weil Papa nicht aufhören wollte zu zappeln und sich immer mehr verhedderte. Papa hielt still. Er atmete heftig. Schnell halfen wir ihm aus seinem Gefängnis. Papa sah sich betrübt im Zimmer um. Es war ein einziges Chaos. Alles, was auf dem Schreibtisch gestanden hatte, lag verstreut herum, die Vorhangstange, der Schreibtischstuhl und die Bettlatte waren kaputt, Ninis Kressezucht war von der Fensterbank gefegt, und der Teppich hatte dunkle, erdige Flecken. Das Einzige, das überhaupt nichts abbekommen hatte, war das Bett vom Zwerg.

»Es tut mir leid«, sagte Papa geknickt und hielt sich den Rücken. »Ich glaube, ich war euch keine große Hilfe.«

»Doch, Papa«, widersprach ich. »Das warst du.« Immerhin waren wir ja schuld an der ganzen Sache. Und wir hatten jetzt die Walkie-Talkies.

Wir halfen Papa auf. »Dann lasst uns hier mal aufräumen«, sagte er.

»Nein«, meinte Nini und schob ihn zur Tür. »Nein, nein. Du ruhst dich jetzt aus. Wir machen das schon.«

Zum Glück widersprach Papa nicht. Vielleicht war es auch sein Rücken, der einverstanden war. Wie auch immer, er verzog sich ins Wohnzimmer, und Nini und ich hatten endlich freie Bahn.

»Los, mach an«, sagte ich. Nini nahm ein Walkie-Talkie und schaltete es ein.

»Kanal 1«, wies ich sie an.

»Weiß ich doch!«, sagte sie und warf mir einen komischen Blick zu.

Das Walkie-Talkie knackte und rauschte. Nini drückte die Sprechtaste.

»Nini an Paula, Nini an Paula, bitte kommen.«

Es rauschte kurz, dann knackte es wieder.

»Paula hört«, kam es aus dem Lautsprecher. Ich glaube, ich habe mich noch nie so gefreut in meinem ganzen Leben. Nini ging es auch so. Sie konnte überhaupt nicht mehr aufhören zu grinsen. Wir hatten unsere verlorene Mitreisende wieder – während im Wohnzimmer das tollpatschige Crewmitglied leise vor sich hinfluchte.

»Was war denn bei euch los?«, fragte Paula.

»Papa hat versucht, unser Hochbett zu reparieren«, sagte Nini kichernd.

»Ernsthaft? War es denn kaputt?«, wollte Paula wissen.

»Nö. Aber wir hatten keine Wahl«, erklärte ich.

Es knisterte wieder im Lautsprecher.

»Ajas an Nikosch, bitte kommen«, meldete sich Ajas.

»Ajas ist auch da?!«, rief Paula. »Wie habt ihr das denn hingekriegt?«

Ich erklärte es ihr. Dann erzählten wir uns erst mal, was bei uns allen so passiert war. Es stellte sich heraus, dass die Ewigkeit bei jedem anders aussah. Paulas zum Beispiel war wirklich so einsam gewesen, wie ich sie mir vorgestellt hatte, weil Vicky so viel arbeitete. Und wenn sie dann zu Hause war, war sie total müde.

»Dafür habe ich die Wohnung auf Hochglanz gewienert

95

und im Internet Elbisch gelernt«, sagte Paula. Okay, ihr war echt, echt langweilig gewesen.

Bei Ajas war es anders. Er musste sich den ganzen Tag um Sarah kümmern. Obwohl Kamran und Mahnusch zu Hause waren.

»Wir haben viel Spaß zusammen«, erzählte er uns. »So ein bisschen wie sturmfrei. Bloß das mit dem Einkaufen ist schwierig.«

»Warum denn?«, wollte ich wissen. »Können das nicht Kamran oder Mahnusch machen?«

»Könnten sie. Aber der Tafelladen hat zugemacht. Wegen der Krankheit.«

Das war ein Problem. Nini und ich sahen uns an. An solche Sachen hatten wir gar nicht gedacht, als wir in unserer eigenen Ewigkeit herumgeschwebt waren.

»Und ihr?«, fragte Paula. »Abgesehen davon, dass euer Vater die halbe Wohnung kaputtrepariert? Der hat vielleicht einen Lärm gemacht.«

»Ja, das war toll«, lachte Nini. Aber wenn wir ehrlich waren, war uns der Reparierpapa tausendmal lieber als der stille Papa.

Dann erzählten wir Paula und Ajas von dem Licht in der Baustelle. Und der blauen Hose draußen und im Keller. Und ich berichtete von dem Kellerabteil. Nini, die das ja auch zum ersten Mal hörte, wurde ein bisschen blass um die Nase.

»Also, eins nach dem anderen«, sagte Paula, als wir fertig

erzählt hatten. »Ihr glaubt, dass der mit der blauen Hose auf der Baustelle eingebrochen ist, richtig?«

»Sieht ganz so aus«, bestätigte ich.

»Und wenn ich das richtig verstehe, ist es jemand aus unserem Haus«, sagte sie weiter.

»Jedenfalls hat er ein Kellerabteil bei uns.«

»Dann sollten wir zuerst mal rausfinden, welches Abteil im Keller wem gehört«, sagte Nini.

»Gut, legen wir los. Ich mache eine Liste«, sagte Paula.

Der Reihe nach zählten wir auf, welche Abteile uns gehörten. Wir wussten auch, welcher Keller der von den Çilgins war und welcher der der Abioyes. Die waren es schon mal nicht.

»Oma und Opa gehört das Abteil ganz auf der anderen Seite«, sagte Nini.

Auch die konnten wir also ausschließen.

»Bleiben aber immer noch ganz schön viele«, seufzte Ajas.

»So kommen wir nicht weiter«, fand Paula. »Das heißt, wir müssen uns erst mal auf die Lauer legen. Die Frage ist ja außerdem: Warum bricht man in ein leeres Haus ein?«

»Vielleicht zum Üben«, sagte Ajas. »Wenn der Einbrecher in das neue Haus reingekommen ist, dann versucht er es sicher bald in einem der anderen Weißen Löcher.«

»Okay. Das bedeutet Nachtwache«, fasste ich zusammen.

Und damit war es beschlossene Sache. Diesen Einbrecher würden wir dingfest machen.

Das Kichern in der Dunkelheit

Wir hatten uns noch für denselben Abend verabredet. Beim Abendessen waren Nini und ich total hibbelig. Mama und Papa merkten nichts davon. Sie waren mit sich beschäftigt. Papa mit seinen Rückenschmerzen und Mama mit dem Zwerg. Immer wieder strich sie sich über den Bauch und gähnte.

»Dieser Scheuerwisch bringt mich noch um«, sagte sie, als Papa ihr Nudeln auf den Teller füllte.

»Scheuer-was?«, fragte Nini.

»So nennt man die Art zu putzen, die jetzt an manchen Orten Pflicht ist. Besonders gründlich und von oben bis unten und wieder zurück«, erklärte Mama. »Natti, wie war denn dein Tag?«

»Frag nicht«, murmelte Natti. Sie sah noch müder aus als Mama. Mama strich ihr lächelnd über die Haare.

»Und ihr?«, wandte sie sich dann an uns.

»Okay«, sagte Nini bloß. Aber sie warf Papa einen Blick zu.

»Hat der Supermarkt eigentlich auch geschlossen?«, fragte ich. Die Sache mit dem Tafelladen ging mir nicht aus dem Kopf.

»Der Supermarkt?« Papa und Mama sahen mich erstaunt an. »Nein, der hat auf. Wieso fragst du?«

»Ach, nur so«, murmelte ich.

»Und sonst?«, startete Mama einen neuen Versuch. Aber niemand sagte etwas. Es gab ja auch nichts zu erzählen.

Nach dem Essen verzogen Nini und ich uns in unser Zimmer. Wir hatten keine Lust, schon wieder der Nachrichtenfrau zuzuhören, um zu erfahren, was wir als Nächstes nicht mehr durften.

Aber wenn wir gewusst hätten, was uns stattdessen erwartete, wäre die Nachrichtenfrau wohl doch die bessere Wahl gewesen.

Ich hatte mich mit einem Comic auf den Teppich gelegt, um die Zeit bis zur Dunkelheit zu überbrücken, und Nini kümmerte sich um die jämmerlichen Überreste ihrer Kresse auf der Fensterbank.

»Ralf«, sagte sie plötzlich.

»Was?«

»Ralf ist da unten.«

Ralf? Was machte er da draußen um diese Uhrzeit? Ich ging zu Nini ans Fenster.

Grusel-Ralf stand mitten auf der Straße. Mit einer Leiter.

»Was will er damit?«, murmelte Nini.

»Keine Ahnung. Warum guckt er so zur Nummer 3 rüber?«

Denn das tat er. Stand da wie angewurzelt, die Leiter auf der Schulter und starrte nach gegenüber. Und da war noch was.

»Er hat eine Taschenlampe!«, stellte ich fest.

»Ob er …«, begann Nini, aber sie sprach es nicht aus.

»Hast du ihn jemals in einer blauen Hose gesehen?«

Nini schüttelte den Kopf. Ralf war immer sehr schick. Meistens trug er eine Anzughose, schwarze Halbschuhe und ein Hemd. Auch jetzt.

Da standen wir also. Grusel-Ralf unten und wir oben. Wir starrten ihn an, und er starrte zum Weißen Loch. Plötzlich drehte er sich zu uns um. Er lachte nicht, er winkte auch nicht. Er guckte uns nur an. Stechend und ernst. Und dann kam er auf das Haus zu.

Wir standen wie vom Blitz getroffen da und trauten uns nicht, uns zu rühren. Auch als Ralf schon aus unserem Blickfeld verschwunden war.

»Supergruselig«, murmelte Nini.

»Und wie!«

Auf einmal brach ein Geräusch durch die Stille im Kaninchenbau. Schritte! Ja, okay. Schritte hörten wir natürlich auch so ab und zu, wenn jemand von den Wichtigen zur Arbeit ging oder einer vom Einkaufen nach Hause kam oder so. Aber diese Schritte waren anders. Da kam jemand die Treppe hoch. Zu uns. In den fünften Stock. Mama und Papa im Wohnzimmer schienen es nicht gehört zu haben. Mit angehaltenem Atem schlichen wir zur Tür. Nini linste zuerst durch den Spion und zuckte gleich wieder zurück.

»Er ist es«, zischte sie.

»Ralf?«

Nini nickte.

Ich schob sie etwas zur Seite, um selbst einen Blick in den Flur zu werfen – und guckte Grusel-Ralf direkt in sein eines Brillenauge. Konnte man durch den Spion etwa auch von draußen zu uns reingucken?

Mir blieb vor Schreck fast das Herz stehen. Die Klingel schrillte.

Schnell wie der Blitz waren Nini und ich in unserem Zimmer verschwunden. Dort standen wir hinter der angelehnten Tür und lauschten.

Papa kam in den Flur. Er guckte durch den Spion.

»Wer ist es denn?«, fragte Mama aus dem Wohnzimmer.

»Ralf«, antwortete Papa erstaunt.

Mamas Schritte näherten sich.

Papa öffnete die Tür, aber nur ein ganz kleines Stück.

»Ralf. Was gibt's?«, fragte er.

»Ist was mit Mama und Papa?«, mischte Mama sich ein. »Sind sie krank?«

Sie klangen beide nervös. Wegen Ralf, der viel zu nah vor

der Tür stand, oder wegen Oma und Opa? Ich war nicht sicher.

»Nein, nein«, hörten wir Ralf antworten. »Galina und Stepan geht es gut. Es ist nur …«

»Ja?« Mama wurde ungeduldig. Jetzt, da sie wusste, dass mit Oma und Opa alles in Ordnung war, sah sie wohl keinen Grund, dass Grusel-Ralf hier vor der Tür rumstand und drohte, sie anzustecken, falls er vielleicht krank war.

»Es ist nur …«, fing Ralf wieder an. Und dann flüsterte er!

»Ich kann nichts verstehen«, wisperte Nini entrüstet.

»Das macht er mit Absicht«, flüsterte ich zurück. »Er will nicht, dass wir was hören!« Das machte die ganze Sache nur noch seltsamer. Ich war mir sicher, Grusel-Ralf hatte uns am Fenster gesehen. Nur, was wollte er jetzt von Mama und Papa?

»Warte einen Moment«, sagte Papa. Er ging in die Abstellkammer und kam mit seinem Werkzeugkasten wieder.

»Nimm ihn ganz mit. Und wenn du ihn nicht mehr brauchst, stell ihn einfach vor die Tür.«

»Danke«, sagte Ralf. »Und ihr? Geht es euch gut?«

»Ja, ja«, antwortete Mama fast schon unfreundlich. Sie wollte Ralf loswerden, das war deutlich. Früher hätte sie ihn garantiert auf einen Kaffee reingebeten.

»Und Nini und Nikosch?«, fragte Ralf etwas lauter, als hätte er Mamas Tonfall gar nicht bemerkt. Und als wüsste er, dass wir hinter unserer Tür lauschten.

»Auch«, sagte Mama. »Auf Wiedersehen, Ralf.«

Und dann schloss sie die Tür.

»Ich rufe nachher mal unten an«, murmelte Mama, bevor sie wieder im Wohnzimmer verschwanden.

»Das war ja wohl total schräg!«, platzte Nini heraus.

»Er hat nach uns gefragt. Und er wollte, dass wir ihn hören. Das war eine Warnung! Nini, der will nicht, dass wir ihn weiter beobachten!« Meine Stimme kiekste vor Angst.

»Mag sein«, sagte Nini hochkonzentriert. »Aber was viel wichtiger ist: Was will er denn mit unserem Werkzeugkasten?«

»Er braucht nicht den ganzen«, sagte ich. »Er hat Papa um was Bestimmtes gebeten.«

»Aber was könnte das sein?«, überlegte Nini.

»Ich weiß es nicht.« Ich nahm das Funkgerät. »Nikosch für Ajas, bitte kommen«, flüsterte ich.

»Ajas hört?«, meldete Ajas sich sofort.

»Geh mal zur Tür. Grusel-Ralf müsste jeden Moment bei dir vorbeikommen.«

»Geht klar«, sagte Ajas. Im Hintergrund heulte Sarah, und irgendjemand schimpfte.

»'tschuldigung«, sagte Ajas. »Sarah ist heute mies drauf. Und Papa ist müde und total genervt. So, bin da.« Es raschelte. »Er kommt gerade die Treppe runter.«

»Schnell, zum Fenster!«, sagte ich zu Nini.

»Nein! Er geht nicht zur Haustür. Er geht in den Keller.«

»In den Keller!«, mischte sich auf einmal Paula ein. Sie hatte also schon mitgehört.»Dann müssen wir ihm nach!«

Das mussten wir wohl. Da gab es nur ein Problem.

»Wir können nicht alle auf einmal durchs Treppenhaus schleichen. Das bleibt nie und nimmer geheim!«

Nini hatte recht.

»Dann gehe nur ich«, schlug Ajas vor.

»Alleine?«, fragte Nini voller Sorge.»Was ist, wenn er dich erwischt?«

Es knackte im Lautsprecher.»Ich könnte Schmiere stehen«, meldete sich plötzlich eine Stimme.

»Ebo?«, riefen Nini und ich gleichzeitig.

»Jep«, sagte Ebo und kicherte.

»Wie kommst du denn in unsere Frequenz?«, fragte Paula.

»Mit dem Babyfon«, sagte Ebo stolz.»Dem von meinen Brüdern.«

»Du funkst von einem Babyfon?« Nini war skeptisch. »Erzähl keinen Quatsch! Das geht niemals!«

»Und wie das geht«, gab Ebo zurück.

»Wollt ihr das wirklich jetzt besprechen?«, funkte Ajas dazwischen.»Grusel-Ralf ist schon im Keller. Wir sollten uns beeilen.«

»Alles klar«, sagte Paula.»Du folgst ihm, Ajas. Und Ebo, du schleichst dich ins Erdgeschoss und stehst an der Kellertreppe Schmiere. Aber seid vorsichtig.«

»Roger«, sagte Ebo. »Ajas, wenn jemand kommt, klopfe ich gegen das Treppengeländer.«

Das war eine super Idee. Über Funk konnte Ebo Ajas nicht warnen, ohne ihn zu verraten. Aber das Treppengeländerklopfen würde er hören.

»Alles klar. Bin unterwegs. Ajas *out*.«

Wir hörten, wie Ajas leise die Wohnungstür öffnete, durch den Hausflur schlich und die Kellertreppe hinunter. Dann folgten Ebos Wohnungstür und ein Geräusch, das klang, als würde er das Treppengeländer runterrutschen.

»Bin im Erdgeschoss«, sagte er gleich darauf.

»Bin an der Kellertür«, wisperte Ajas. »Im Keller ist Licht. Gehe jetzt rein.«

»Ist Ralf in Omas und Opas Abteil?«, fragte Nini kaum hörbar. Er hatte dort auch ein paar Sachen abgestellt. Ein bisschen hoffte ich, dass er dort und alles ganz harmlos war. Ajas antwortete nicht. Wir hörten ihn atmen. Dann rumpelte etwas.

»Das kam vom anderen Ende des Gangs«, sagte Ajas kaum hörbar.

Also doch!

»Er ist es. Er ist die blaue Hose«, flüsterte ich Nini ins Ohr.

»Aber er *hat* keine blaue Hose!«, widersprach sie mit den Augen.

»Weißt du das? Nur weil wir ihn noch nie in einer gesehen haben …?«

Er musste es sein! Aber dann kam mir noch ein neuer Gedanke. »Vielleicht sind sie zu zweit. Vielleicht steckt Ralf mit der blauen Hose unter einer Decke?!«

Nini machte wieder ihre Frisbee-Augen und nickte.

Auf einmal klopfte es zweimal so laut, dass es bis zu uns ganz nach oben hallte.

Wir hörten Ebo laufen, dann ging eine Tür. Auch Ajas lief. Wohin?

»Bin auf der Kellertreppe«, meldete er sich leise. »Was ist los?«

»Achtung! Ajas, nicht weitergehen«, warnte Ebo. »Eure Wohnungstür. Da kommt jemand. Versteck dich!«

Ajas lief die Treppe wieder hinunter.

Im Hintergrund quietschte noch eine Tür, dann hörten wir Schritte im Treppenhaus und die Haustür.

»Puh, das war knapp«, sagte Ebo. »Er ist weg, du kannst rauskommen.«

Ajas antwortete nicht. Es rumpelte wieder. Und dann hörten wir wieder Schritte. Andere Schritte. Sie kamen näher. Plötzlich machte Ajas ein Geräusch, das wie ein Gurgeln klang. Dann war alles still. Wir lauschten. Aber da war nur das leise Rauschen des Walkie-Talkies.

»Ajas?«, fragte Ebo nach einer Weile. »Ajas? Bitte kommen!«

Ajas schwieg.

»Ajas?«, rief Paula. »Kommen!«

»Ja, ja«, sagte Ajas.

Endlich!

»Bin noch da. Ich musste mich nur kurz unsichtbar machen.«

»Und, was hat er getan?«

»Ich konnte es nicht sehen, sonst hätte er mich erwischt«, sagte Ajas. »Aber irgendwas hinten im Keller.«

»Und wo ist er jetzt hin?«, fragte ich.

»Zur Haustür raus«, antwortete Ebo. »Falls es irgendwen interessiert, ich bin im Hof. Das war auch echt knapp eben.«

»Zur Haustür raus?« Paulas Stimme überschlug sich. Wir hörten, wie sie zum Fenster lief. Nini und ich taten dasselbe.

»Da ist er«, sagte Paula. »Er geht zur Baustelle rüber.«

»Was will er da wohl?«, fragte Nini.

»Leute, ihr werdet es nicht glauben!«, unterbrach Ajas uns.

»Was?«, rief Ebo. »Was ist?«

»Ich weiß, wem das letzte Kellerabteil gehört.«

»Wem?«, rief ich viel zu laut für unsere kleine Wohnung. Nini wedelte auch sofort mit der Hand und zeigte zur Tür.

»Frau Kirchner«, sagte Ajas.

»Frau Kirchner?« Da musste Ajas sich getäuscht haben. Die blaue Hose sollte Frau Kirchner sein?

»Bist du taub?«, fragte Ajas. »Das sag ich doch!«

»Das kann nicht sein«, sagte Nini. »Der Einbrecher hatte auch gar keinen Stock. Aber was ist, wenn Frau Kirchner nicht weiß, dass in ihrem Keller irgendwas vor sich geht?«

»Ganz sicher weiß sie es nicht!«, sagte Paula. »Aber wenn sie es zufällig herausfindet, ist sie in Gefahr!«

»Wir müssen sie warnen«, sagte ich.

»Ich bin übrigens immer noch im Hof, falls das doch mal irgendwen interessiert«, gab Ebo seinen Senf dazu. »Aber wenn ich zurück in den zweiten Stock gehe, könnte ich Frau Kirchner warnen.«

»Gute Idee«, fand Paula.

»Schlechte Idee«, fand Nini. »Wir dürfen nicht draußen sein, schon vergessen? Und wohl erst recht nicht nach den Nachrichten. Außerdem wird Frau Kirchner dir nicht aufmachen.«

»Nini hat recht«, sagte ich. »Wir brauchen eine andere Lösung.«

»Das Babyfon«, schlug Ajas vor. »Habt ihr zufällig noch ein zweites, Ebo?«

»Haben wir. Und ich weiß auch schon, wie wir es zu Frau Kirchner schmuggeln. Mama kocht zurzeit immer für sie mit.«

Obwohl der Tafelladen zu war? Wenn Neneh im Supermarkt einkaufte, war das doch sowieso schon teurer. Und da kochte sie auch noch für Frau Kirchner? Das war wirklich nett.

»Ich schmuggle das Babyfon einfach mit dem nächsten Essen zu ihr.«

»Aber wie erklären wir ihr, was sie damit soll?«, fragte ich.

»Ganz einfach. Wir schalten es schon an. Dann können wir mit ihr reden und es ihr erklären.«

»Alles klar, so machen wir es«, sagte Paula. Und damit stand der Plan. Ebo und Ajas schlichen sich wieder in ihre Wohnungen. Niemand hatte bemerkt, dass sie weg gewesen waren. Das ist fast nicht zu glauben, oder? Da waren so viele Leute, und niemand merkte, wenn einer fehlte. Aber bei Nini und mir war es ja nicht anders gewesen. Papa hatte sich schon zweimal so leicht ablenken lassen, dass es fast unheimlich war.

Als Mama und Papa später kamen, um uns gute Nacht zu sagen, lagen Nini und ich im Bett.

»Schlaft gut, ihr zwei. Und träumt was Schönes. Bald wird alles wieder gut«, sagte Mama. Ja, das hoffte ich. Mama sah wirklich müde aus. Ob das ganze Geputze dem Zwerg wohl gefiel?

Sie gingen und machten das Licht aus. Aber in der Tür drehte Mama sich noch einmal um. »Was ist eigentlich mit der Leiste an eurem Bett passiert?«

»Ach, die haben wir abgemacht«, antwortete Nini. »Wir sind ja schon groß.«

Mama lächelte. »Na, dann passt gut auf euch auf, meine zwei Großen.« Damit ging sie wirklich.

Nini und ich sprangen aus dem Bett und liefen zurück zum Fenster.

»Alle auf Posten?«, flüsterte Nini ins Funkgerät. Wir hatten schließlich noch was vor. Das heißt, Ajas, Paula, Nini und ich. Die Abioyes wohnten nach hinten raus, was bedeutete, dass Ebo sich nicht mit uns auf die Lauer legen konnte.

»Auf Posten«, antwortete Ajas.

»Auf Posten«, meldete sich Paula.

»Geht das jetzt hier mal los?«, meldete sich Frau Kirchner.

Moment! Frau Kirchner?

»Frau Kirchner?«, fragte Ajas. »Sind Sie das?«

»Das will ich wohl meinen, dass ich das bin«, sagte Frau Kirchner. »Aber habt ihr denn keine vernünftige Ausrüstung? Ende.«

Nanu? Das war ja schnell gegangen.

»Sie haben das Babyfon bekommen«, sagte Paula überflüssigerweise.

»Natürlich habe ich das«, antwortete Frau Kirchner. »Mit meiner Wärmflasche.«

Mit der Wärmflasche? Frau Kirchner bekam abends von Neneh sogar eine Wärmflasche? Schon immer? Das hatte ich gar nicht gewusst.

»Brauchen Sie Hilfe?«, fragte Paula. »Wissen Sie, wie das funktioniert?«

»Na, hör mal, Paula-Mädchen«, sagte Frau Kirchner. »Ich

111

bin doch nicht von gestern. So ein simples Ding kriege ich schon noch in Gang. Da hab ich in meinen wilden Zeiten ganz andere Dinge zum Laufen gebracht.«

Wir schwiegen einen Moment.

»Okay?«, sagte Paula schließlich. »Wir müssen Ihnen was ...«

»Das hat ziemlich lange gedauert«, unterbrach Frau Kirchner sie. »Eine Ewigkeit, möchte man meinen.«

»Was?«, fragte Paula irritiert.

»Ich habe euch früher erwartet«, sagte Frau Kirchner.

»Sie haben uns erwartet?«, fragte Ajas.

»Natürlich«, sagte Frau Kirchner. Dann schwieg sie.

»Ja, also, wir wollten Sie warnen«, versuchte Paula es noch einmal.

»So, so«, sagte Frau Kirchner und machte ein glucksendes Geräusch. Kicherte sie etwa?

»Ja.« Paula blieb ernst. Und hartnäckig. »Wir denken, jemand benutzt ihr Kellerabteil für kriminelle Machenschaften.«

»Oh«, sagte Frau Kirchner, und jetzt hörte es sich so an, als fände sie das richtig toll.

»Wir ...«

»Ah, es geht los«, unterbrach sie mich. Und ja, es ging los. Gegenüber war gerade die Taschenlampe angegangen. Nicht auf der Baustelle, sondern vor der Nummer 3.

»Da ist er«, sagte Nini.

112

»Wo?«, fragte Ajas. »Ich kann ihn nicht sehen. Die Hecke vor unserem Fenster ist zu hoch.«

»Er schleicht sich zwischen den Häusern nach hinten. Vermutlich will er durch den Garten rein«, erklärte ich ihm.

Wir sahen nur einen Schatten. Und das Licht, mit dem er sich den Weg leuchtete. Das Licht bewegte sich noch ein Stück, dann verschwand es hinter dem Haus.

»Jetzt isser weg«, sagte Frau Kirchner.

Aber er war nicht weg. Es dauerte ein paar Sekunden, dann tauchte der Lichtkegel wieder auf. Im Haus! In dem Zimmer im ersten Stock, das zur Straße rausging.

»Wusste ich es doch«, murmelte ich.

»Na, bitte!«, hörten wir auch Frau Kirchner murmeln. Und dieses Mal kicherte sie eindeutig. Das hatte ich mir also nicht eingebildet. Sie freute sich wirklich.

»Was er wohl sucht?«, fragte Nini in die Runde.

»Gute Frage.«, sagte Paula. »Die Wände sind, wie es aussieht, alle leer, und Möbel hat die da drüben wohl auch nicht so viele.«

»Vielleicht sucht er nach einem Safe. Mit Geld oder Diamanten«, überlegte Ajas.

»Ja, ziemlich sicher«, sagte ich.

»Nein«, widersprach Nini. »Nein, tut er nicht.«

Frau Kirchner kicherte. Das war doch nicht zu glauben. Ich platzte fast vor Spannung, und sie fand das alles witzig.

»Wie kannst du das wissen?«, fragte ich.

»Das ist nicht die blaue Hose«, erklärte Nini.

»Hä?«, machte Ajas. »Seht ihr von da oben seine Hose?«

»Nein«, antwortete Paula. »Wie kommst du darauf?«

»Er ist viel kleiner als die blaue Hose«, antwortete meine Schwester. Sie hatte die Augen zusammengekniffen wie Mama, wenn sie eine Notlüge durchschaut.

»Bist du sicher?«, fragte Paula.

»Natürlich bin ich sicher«, gab Nini fast ein bisschen beleidigt zurück.

»Und was hat das zu bedeuten?« Ajas bekam keine Antwort. Denn genau da drehte sich das Licht der Taschenlampe. Und richtete sich auf Nini und mich.

»Nikosch, Nini, was ist das?«, fragte Paula.

»Er hat uns entdeckt«, sagte ich. Ein Wunder, dass ich überhaupt noch reden konnte. Ich fühlte mich wie schockgefrostet. Kennt ihr das? Vor lauter Schreck spielen die Muskeln nicht mehr mit. Nini ging es genauso. Wie festgefroren standen wir da und guckten nach drüben. Aber das Licht blendete zu sehr, um etwas zu erkennen. Wir hätten uns ducken können. Wir hätten einen Schritt zur Seite vom Fenster weg machen können. Aber wir taten nichts. Standen einfach da und starrten ins Licht. Irgendwann wanderte die Taschenlampe weiter.

»Jetzt hat er mich erwischt«, flüsterte Paula. Auch bei ihrem Fenster blieb der Lichtkegel eine Weile stehen, um schließlich die Hausmauer runterzukrabbeln.

»Jetzt bei mir«, sagte Ajas mit zitternder Stimme.

Wer auch immer da drüben stand, er hatte uns entdeckt. Nur Frau Kirchner nicht.

Dann ging die Lampe aus. Wir warteten, aber drüben blieb es dunkel. Mir fiel auf, dass Frau Kirchner eine Weile nichts mehr gesagt hatte.

»Frau Kirchner?«, fragte ich leise. Frau Kirchner antwortete nicht.

»Frau Kirchner, ist alles in Ordnung?«, wiederholte Paula besorgt.

»Seid mal kurz still«, sagte Ajas.

Wir lauschten. Aus dem Lautsprecher kam ein leises Schnarchen. Frau Kirchner war eingeschlafen. Die hatte vielleicht Nerven!

»Er kommt bestimmt gleich raus«, sagte Paula. Wir warteten. Und warteten. Aber es passierte nichts.

»Also, ich glaube, der hat sich hintenrum verdrückt«, sagte Nini, nachdem wir eine ganze Weile stumm in die Nacht gestarrt hatten.

»Und was machen wir jetzt?«, fragte Ajas.

»Wenn ihr mich fragt«, gähnte Paula, »sollten wir auch schlafen gehen. Der kommt nicht wieder. Jetzt, wo er weiß, dass wir ihn gesehen haben. Vielleicht war's das.«

Wir durchbrechen die Ewigkeit

Ich kann euch sagen, das war die längste Nacht meines Lebens. Immer wieder träumte ich, von einem Licht angestrahlt zu werden. Manchmal sah ich Ralf und eine blaue Hose ohne Oberkörper in meinen Träumen da drüben herumschleichen. Und manchmal war es nur ein Schatten, der böse zu uns herüberlachte und dabei leise und gleichmäßig knarzte wie das Geräusch aus Frau Kirchners Wohnung. Und zwischen allem hüpften Kaninchen herum. Ich war noch nie so froh darüber gewesen, dass es endlich Morgen wurde.

Aber als ich aufwachte, herrschte im Treppenhaus ein fürchterlicher Lärm.

»Was ist denn?«, fragte ich Nini, die schon auf war und an unserer Tür lauschte.

»Die Steins. Bei denen gibt es Krach«, sagte sie. Das klang nicht gut. Und es war auch nicht gut.

Wenn ich im Nachhinein darüber nachdenke, dann hätte ich es kommen sehen können. Aber ich war viel zu sehr mit mir selbst beschäftigt gewesen, mit Nini und mit Ralf, mit dem Licht und mit Papa. Hätte ich genau hingehört, dann wäre mir aufgefallen, dass all die Störgeräusche in der Stille schon längst da gewesen waren. Und sie waren immer lauter geworden. Erst der Streit bei den Lehnhardts, den ich zufällig gehört hatte. Dann Sarah und ihr schimpfender Vater. Malik schimpfte nie, egal wie müde er war. Malik Shirvani ist der sanfteste Mensch, den ich kenne.

Und jetzt also die Steins, bei denen es sonst immer so lustig zuging. Wenn man einen schlechten Tag hatte, musste man normalerweise nur zu Sevi und Leo gehen, und schon kriegte man gute Laune.

Ein lautes Gebrüll ertönte, und dann knallte eine Tür. Wir hörten stampfende Schritte auf der Treppe. Unten ging die Tür wieder auf, und Sevis und Leos Mutter rief etwas, das ich nicht verstehen konnte, weil es Romanes war. Romanes spricht Frau Stein nur, wenn sie singt. Oder wenn sie schimpft. Und das tat sie, aber wie! Bloß, dass sie jetzt nicht mehr ins Treppenhaus brüllte, sondern nach drinnen in die Wohnung. Jetzt bekamen wohl Sevi und Leo ihr Fett ab.

»Nicht schön«, sagte Nini leise. Nein, wirklich nicht. Eine Weile hörten wir einfach nur zu. Ich starrte auf die Ninja-Schildkröten an der Wand. Die müssten nur einmal durchs Haus fegen, und es wäre Ruhe, dachte ich. Aber es kamen keine Ninjas. Dafür kamen die Störgeräusche auch bei uns. Als wir beim Frühstück saßen, nahm Papa Mamas Hand.

»Du musst zum Arzt«, sagte er.

»Und der soll *was* tun?«, fragte Mama gereizt und zog die Hand weg.

»Dich krankschreiben.« Papa guckte etwas bedröppelt auf seine leere Hand. »Das macht der sofort.« Er entschied sich, seiner Hand was zu tun zu geben, und zeigte auf Mamas Bauch. Der war inzwischen schon richtig rund.

»Und wenn ich dann krankgeschrieben bin, kriegen wir noch weniger Geld«, sagte Mama viel zu laut für unsere kleine Küche. »Es ist ja nicht so, dass wir nicht sowieso schon knapp bei Kasse wären, seit du keine Nachhilfe mehr geben darfst.«

Damit war das Gespräch beendet.

Aber Papa war noch in Redelaune. Weil er bei Mama nicht mehr landen konnte, wandte er sich an Natti.

»Also, wie ist es im Krankenhaus?«

Natti sah nicht mal von ihrem Teller auf. »Wie soll es denn sein? Alle sind krank.«

»Sind denn alle normal krank oder Krankheit-krank?«, fragte Nini. Wir bekamen Natti kaum noch zu Gesicht. Sie übernachtete oft bei einer Freundin, die ein Zimmer in einem Wohnheim gleich neben dem Krankenhaus hatte. Von uns aus musste sie durch die halbe Stadt. Eigentlich hatte die Nachrichtenfrau gesagt, sie müsste sich entscheiden, ob sie dann da oder bei uns wohnte, für den Fall, dass ihre Freundin oder wir oder Natti sich mit der Krankheit ansteckte. Denn dann würden wir oder die Freundin oder Natti oder sogar wir alle ja auch krank. Aber Natti hörte nicht auf die Nachrichtenfrau, und Mama und Papa war es lieber, sie wenigstens ab und zu mal zu sehen. Dafür nahmen sie auch in Kauf, etwas von den verbotenen Dingen zu tun.

Papa sah ein, dass er auch bei Natti kein Glück haben würde. Also waren wir an der Reihe.

»Ich habe übrigens beschlossen, dass wir ab morgen gemeinsam Sport machen werden«, verkündete er und strahlte uns an.

Auch das noch.

Papa holte gerade Luft, um uns seinen Plan zu erklären, da knallte Mama ihre Kaffeetasse auf den Tisch. Das Geschirr klirrte leise.

»Das reicht!«, rief sie. »Das reicht jetzt einfach. Hör auf, dich mit uns allen so krampfhaft unterhalten zu wollen. Wir haben nichts zu erzählen. Und hör auf, irgendwas zu machen. Oder auch nichts zu machen. Das ist einfach nur schrecklich.« Sie sprang auf und rannte aus der Küche.

Papa sah ihr verwirrt nach.

»Was ... hab ich denn gesagt?«, fragte er.

Wir wussten es auch nicht.

»Ich bin dann mal los«, murmelte Natti und stellte ihren Teller in die Spüle. Ihr halber Toast lag noch darauf.

»Ich sehe mal nach Mama«, sagte Papa und stand auf.

Nini und ich sahen uns an.

»Wir müssen was machen«, sagte Nini.

»Ganz klar!«, sagte ich.

Nach dem Frühstück funkten wir die anderen an. Aber bei denen war es nicht besser.

»Ich kann gerade nicht!«, rief Ajas. Im Hintergrund stritten sich Kamran und Mahnusch, und Sarah hatte einen Trotzanfall. »Ich melde mich nachher.«

Ebo meldete sich nicht zurück. Nur Paula war da. Auch sie hatte schlechte Laune.

»Ich habe so was von keine Lust mehr auf Unterricht!«, motzte sie augenblicklich los. »Das ist so unfair. Wir sind nur noch zu viert. Dauernd muss man was sagen, und Frau Niemann nimmt immer mich dran, weil die anderen keine Antwort wissen.«

»Zu viert?«, fragte Nini. »Wer ist denn noch weg jetzt?«

»Ach«, murrte Paula. »Der Martin.«

»Ist er krank?« Vielleicht hatte er sich beim Einkaufen etwas eingefangen?

»Weiß ich nicht. Er ist jedenfalls nicht dabei. Und darum haben wir anderen noch mehr zu tun.«

Das war wirklich gemein. Noch gemeiner aber war, was Frau Niemann nach dem heutigen Unterricht machte.

Sie rief bei uns an. Wenn wir nicht über Video am Unterricht teilnehmen könnten, würde sie ab morgen Arbeitsblätter vorbeibringen, die wir dann machen müssten. Die

Ergebnisse sollten Mama und Papa einmal pro Woche in den Schulbriefkasten werfen.

Ich will nicht fies sein. Papa gab in den nächsten Tagen echt alles. Und diesmal bin ich mir sicher, dass es Tage waren. Weil auf den Arbeitsblättern für jeden Tag ein Datum stand. Und daran wollte ich lieber mal glauben.

Aber ich kann es kurz machen. Weil alles, was ihr wissen müsst, sich mit nur drei Worten sagen lässt: Lehrer des Grauens. Entweder verstand Papa die Aufgaben nicht, oder er hatte keine Ahnung, wie wir sie lösen konnten. Aber wenn *er* es nicht wusste, wie sollten *wir* es dann wissen? Na gut, Nini hatte da vielleicht noch eine Chance. Aber ich? Vergesst es. Papa war Nachhilfelehrer? Ehrlich, keine Ahnung, wie er das geschafft hatte.

Richtig Spaß hatten wir dafür mit Frau Kirchner. Sie funkte uns dauernd an, selbst wenn von uns keiner angefangen hatte. Und sie war total gesprächig. Mal erzählte sie uns von einem Urlaub, den sie vor Jahren in Italien gemacht hatte, dann kramte sie eine Geschichte von einem ihrer *Verflossenen* raus. So nannte sie die Männer, in die sie mal verliebt gewesen war.

»Warum haben Sie denn keinen von denen für immer behalten?«, fragte Nini einmal.

»Ach, weißt du, Ninchen«, sagte sie. »Nicht jeder ist für die Ewigkeit geschaffen.«

Wie recht sie damit hatte.

Bei all dem, was wir plötzlich zu tun hatten, hätten wir allerdings beinahe Ralf und die blaue Hose vergessen. Wartet, nein. Das stimmt so nicht. Wir vergaßen sie keineswegs. Aber der Lärm im Kaninchenbau wurde immer lauter. Und eines Morgens war er so laut, dass selbst Nini nicht mehr länger aus dem Fenster gucken konnte.

»Ich halte das keine Sekunde mehr aus«, sagte sie, als eines Morgens, gleich beim Aufwachen, Lehnhardts *und* Steins *und* Abioyes auf einmal stritten und dann auch noch Natti mit Mama in der Küche damit anfing.

»Ich auch nicht«, murmelte ich.

Wir lagen im Bett und lauschten dem Lärm. Die Ninja-Schildkröten und der Astronaut guckten mich an. Und plötzlich flitzte auch noch der verrückte Herr Friedrich mit seiner Taucherbrille durch meine Gedanken. Und da wusste ich, was zu tun war. Ich kletterte aus dem Bett.

»Was hast du vor?«, fragte Nini.

»Ich will mein Jetzt zurück!«, rief ich. »Ich habe ein Recht darauf!« Und dann ging ich schnurstracks in die Küche.

»Also, ich habe mir etwas überlegt«, rief ich über Natti und Mama hinweg. Papa saß am Tisch und starrte traurig vor sich hin. Er war noch im Schlafanzug, wie neuerdings meistens. Natti und Mama beachteten mich gar nicht. Sie stritten einfach weiter. Aber ich hatte eine Entscheidung getroffen, und die würde ich durchziehen. Ob Mama und

Natti davon wussten oder nicht. Also nahm ich Papa an der Hand und zerrte ihn hoch.

»Komm mit.« Er schien nicht so richtig zu verstehen, also nahm ich auch seine andere Hand und ging einfach los.

Im Flur stand Nini, unschlüssig, ob sie in die Küche gehen sollte oder lieber nicht.

»Was ist denn los, Nikosch?«, fragte Papa.

»Wir dürfen nicht raus, weil unser Atem ansteckend sein kann und es gefährlich ist, andere anzufassen, stimmt's?«, sagte ich.

»Stimmt«, sagte Papa. In der Küche klirrte etwas, und kurz sah es so aus, als wollte Papa nachgucken gehen. Aber ich hielt seine Hände so fest wie ein Schraubstock.

»Aber wenn wir weit genug voneinander weg bleiben, geht's?«, fragte ich ihn. Das hatte die Nachrichtenfrau neulich mit vielen Luftschnappern als neue Erkenntnis von wichtigen Wissenschaftlern angepriesen.

Papa guckte mich fragend an.

»Also«, machte ich weiter. »Dann bräuchten wir doch nur eine Möglichkeit, alle zusammen zu sein, ohne dass wir wirklich zusammen sind. Ohne Atmen und so, meine ich.«

Jetzt wachte Papa langsam auf.

»Worauf willst du hinaus?«, fragte er langsam.

»Darauf«, sagte ich, ging zum Telefon und kritzelte etwas auf den Notizblock, der immer daneben lag. Aus dem Augenwinkel sah ich, wie Nini einen Blick auf meine Zeichnung warf und zu grinsen anfing. Sehr gut, sie wusste also, was los war.

Ich hielt Papa den Block unter die Nase und sah ihn genau an. Jetzt kam es darauf an, dass er die Genialität des Plans erkannte.

Papas Gesicht geriet in Bewegung. Erst erschienen die Lachfältchen um seine Augen. Dann verzog sich sein Mund. Und dann fing er an zu lachen. So richtig mit Bauchhalten und Tränen in den Augen. Mist.

»Papa«, sagte ich. »Du erkennst den Ernst der Lage nicht. Denk doch mal … das ist die Lösung für den Unterricht!«

Der Ernst der Lage. Das war eine der liebsten Formulierungen der Nachrichtensprecherin. Vielleicht konnte sie mir hier nützlich sein.

Papa hörte auf zu lachen und wischte sich die Tränen von den Wangen. In der Küche war es still geworden. Mama oder vielleicht auch Natti fegte klirrend Scherben auf.

Papa sah mich an. Dann wand er seine Hände aus meinem Griff. Aber nur, um sie mir auf die Schultern zu legen.

»Das ist eine sehr gute Idee, Nikosch«, sagte er ernst. »Wir sollten keine Zeit verschwenden.«

Erst dachte ich, ich hätte mich verhört, aber dann verstand ich, dass Papa nicht über meine Idee gelacht hatte. Die Erleichterung war durch ihn hindurchgefegt wie ein Frühjahrssturm. Da hat man schon mal gut lachen.

Papa warf einen fachmännischen Blick auf meinen Bau-plan. »Wir brauchen Mamas alten Gymnastikball und … meinen Angleranzug, wenn ich das richtig sehe, und … eine Art Brillenvisier mit Schnorchel.«

Er grinste, und ich hätte schwören können, er dachte in diesem Moment auch an das Poster mit den Ninja-Schild-kröten. War ja auch wirklich nicht zu übersehen, die Ähn-lichkeit.

Wir teilten uns auf, kramten in Schränken und Schub-laden. Es war echt ein Wunder, was wir hier oben in dieser winzigen Wohnung alles rumliegen hatten. Noch bevor Natti und Mama aus der Küche kamen, hatten wir uns in Ninis und meinem Zimmer eingesperrt und mit der Arbeit begonnen. Wie sich herausstellte, hatte Papa meinen Plan wirklich von A bis Z verstanden. Und wenn er auch völlig talentfrei war, was das Reparieren anging, hier kamen sei-ne gesamten Bastelfähigkeiten aus dem Kindergarten zum Einsatz.

Wir arbeiteten hochkonzentriert. Zwei Männer, die eine Aufgabe hatten. Und Nini natürlich. Sie war es, die den Überblick behielt und meinem Plan den nötigen Schliff verpasste.

Das machte richtig Spaß. Papa ging es wohl auch so, denn er grinste die ganze Zeit vor sich hin und hatte rote Wangen. Irgendwann hörten wir Mama und Natti zur Ar-beit gehen. Und da wünschte ich mir, dass sie auch hätten mitmachen können. Denn insgesamt war es eben doch viel besser, nicht ganz so wichtig zu sein.

Als wir alles meinem Bauplan gemäß aneinandergebaut hatten, wurde es Zeit für die Anprobe.

»Also, Nikosch«, sagte Papa. »Steig ein.«

Ich schlüpfte in den Anzug, und Papa setzte unsere Multifunktionsluftpumpe an das Ventil des Gymnastikballs. Dann pumpte er mich auf. Nein, natürlich nicht mich. Aber den Anzug um mich herum.

»Es klappt!«, rief Nini.

»Jawohl!«, rief Papa.

»Mpfg«, rief ich. Der Schnorchel, ihr versteht …

Ihr fragt euch jetzt sicher, wie ein paar coole Ninja-Schildkröten und ein richtiger Astronaut zu so einem schrägen Kostüm führen können. Aber wisst ihr, es geht eben manchmal nicht darum, dass etwas cool aussieht. Viel wichtiger ist, dass es funktioniert. Und das tat mein Anzug. Er hielt mich weit genug von den anderen weg.

»Gut, dann weiter!«, sagte ich. Eigentlich klang es wie *Mngukkangpeippä!*, aber ich will mal nicht so sein. Ich mache es euch leicht und übersetze gleich.

»Nini, jetzt ist dein Abstandhalter dran«, bestätigte Papa. »Hast du dir schon was überlegt?«

Natürlich hatte sie das. Nini präsentierte uns Mamas alten Motorrollerhelm und die Elfenflügel von ihrem letzten Halloweenkostüm. Die hatten uns damals total genervt,

127

weil sie so groß waren, dass Nini dauernd wo hängen blieb. Aber jetzt brauchten wir genau das. Nini zog sie an, stülpte den Helm über und schlüpfte noch in ein paar alte Arbeitshandschuhe, die Mama immer zum Gärtnern auf dem Balkon benutzte.

»Das sieht sehr gut aus!«, lobte Papa uns. »Dann mal los, ihr zwei.«

Und das war es. Genau in diesem Moment schaffte unsere Zeitkapsel es, endlich die Ewigkeit zu durchbrechen.

Das hier ist besser als Halloween!

Wir rannten ins Treppenhaus. Bei Paula machten wir natürlich den Anfang. Wir funkten sie an, damit sie uns auch aufmachte, und als sie uns sah, brauchte sie keine Sekunde, um den Plan zu begreifen.

»Geht sofort los!«, rief sie und verschwand in der Wohnung. »Wir treffen uns unten.«

Als Nächstes klingelten wir bei Sevi und Leo Sturm. Herr Stein guckte erst ganz komisch, aber dann grinste er und rief erst mal seine Frau.

»Lorena, sieh dir das an!«

Wir mussten Frau Stein nicht groß überzeugen. Sevi und Leo durften mitmachen und legten sofort los. Alex' Eltern waren da schon etwas skeptischer. Sie machten gar nicht auf. Also klingelten wir noch mal bei Sevi und Leo, und sie versprachen, sich darum zu kümmern.

Frau Çilgin guckte erst genauso verwundert wie Herr Stein, aber dann musste auch sie lachen. Sie konnte gar nicht mehr aufhören. »Mädchen, holt die alten Verkleidungskisten raus!« Vor lauter Freude über unseren Aufzug vergaß Frau Çilgin, die Tür zu schließen, als wir weitergingen. Ebo war natürlich ebenfalls sofort dabei und machte sich an die Arbeit.

Klar, dass auch Jan und Lena sofort Feuer und Flamme waren. Frau Lehnhardt leider nicht.

»Frau Lehnhardt!«, rief Frau Çilgin von oben. »Lassen Sie die Kinder doch. Was soll schon schiefgehen?«

»Und außerdem ist Natti Krankenschwester«, bekräftigte Nini geistesgegenwärtig. »Wir sind bestens über alles informiert!«

Frau Lehnhardt warf einen Blick nach hinten in die Wohnung. Vielleicht überlegte sie, was Herr Lehnhardt dazu sagen würde. Aber dann nickte sie. »Ist gut.«

»Bis gleich!«, riefen wir und flitzten weiter. Okay, flitzen ist vielleicht nicht ganz das richtige Wort. In unserem Aufzug kamen wir nicht ganz so schnell vom Fleck. Ihr ahnt, worauf das rausläuft, stimmt's? Stimmt genau. Aber da sind wir noch nicht.

Bei Ajas ging die Sache genauso schnell wie bei Ebo. Seine Eltern waren ja auch nicht zu Hause, also musste Ajas niemanden fragen.

»Ich glaube, ich hab da was!«, rief er. »Bin gleich da.« Dann schloss er die Tür.

Wir gingen gerade in den Hof, da kam uns Herr Friedrich aus dem Keller entgegen. Er trug eine schwarze Sporttasche. Herr Friedrich blieb stehen und sah uns an. Als er merkte, dass auch wir ihn ansahen, wandte er so ruckartig den Kopf ab, dass ihn die Bewegung beinahe zu Fall brachte.

Ich senkte den Blick und zog Nini hinter mir her nach draußen.

»Guten Tag, Herr Friedrich!«, hörten wir in genau dieser Sekunde Papas Stimme. Und schon stand er im Hof. Er hatte den Schlafanzug gegen normale Klamotten getauscht.

»Sehr schick, Papa«, sagte Nini. Und ich fügte hinzu: »Man weiß schließlich nie, was der Tag bringt, nicht wahr?«

Papa zwinkerte uns fröhlich zu.

»Ich muss kurz in den Keller, bin gleich bei euch«, sagte er und verschwand.

Paula kam als Erste in den Hof. Sie hatte ein bisschen Mühe, sich durch die Tür zu quetschen, aber als sie schließlich vor uns stand, mussten selbst wir lachen.

Sie hatte sich ein Kleid aus aufblasbaren Schwimmreifen gebastelt und sich eine durchsichtige Plastikschüssel verkehrt herum aufgesetzt. Ihre Hände steckten in gelben Putzhandschuhen. Sofort steckte ich meinen Schnorchel wieder in den Mund.

»Kriegst du unter dem Ding Luft?«, fragte ich sie.

»Klar. Ich hab oben ein Loch reingemacht, und unten kommt genug rein.«

Aber Paula war erst der Anfang. Wisst ihr was? Vergesst Halloween. Vergesst Karneval oder Fasnacht oder Fasching oder wie es bei euch heißt. Das, was sich im Hof des Kaninchenbaus abspielte, war besser als alles, was ihr jemals gesehen habt.

Da waren umfunktionierte Luftmatratzen, Mäntel aus Regenschirmen, Kleider aus Poolnudeln, Schals, Mützen, Handschuhe, Gummistiefel und, und, und. In ihnen steckten Ajas, Ebo, Jan und Lena, Mehtap, Filiz, Alex, Sevi und Leo. Sogar Sarah war dabei. Die trug ihr Hummelkostüm vom letzten Jahr mit den vielen Flügeln und hatte einen Schal über den Mund und die Nase gezogen. Selbst Ajas' Geschwister Kamran und Mahnusch standen etwas abseits im Hof. Kamran hatte sich seine Schutzbrille aus der Schreinerei übergezogen, und Mahnusch hatte irgendwas aus einer Frisörhaube für Strähnchen gebastelt. Wie schön wäre es, wenn auch Natti nicht zur Arbeit müsste und hier bei uns sein könnte, dachte ich noch mal.

Endlich war wieder was los bei uns im Hof. Nach und nach gingen auch ein paar Fenster auf, und die Erwachsenen steckten ihre Köpfe raus.

»Hallo, Oma«, rief ich. Hinter Oma linste Opa aus dem Fenster. Ich winkte ihm zu. Und dann kam Papa aus dem Keller. Er trug ein Gerüst aus alten Bilderrahmen und einer Menge Frischhaltefolie, das er vor sich abstellte. Dann wartete er still, bis wir uns endlich etwas beruhigt hatten.

»Ihr Lieben!«, sagte er schließlich mit einer Stimme, die ziemlich nach unserer Lehrerin klang, und grinste mich an. Er mochte Frau Niemann auch nicht. »Ab heute heißt es wieder lernen«, fuhr er fort und tat noch immer etwas gestelzt. »Denn, merkt euch, ihr lernt nicht für die Schule, sondern fürs Leben.«

Jetzt mussten alle lachen. Steins und Oma und Opa oben an den Fenstern applaudierten.

Aber dann wurde Papa ernst. Und ich glaube, ich muss da jetzt dringend was zurücknehmen, bevor ich weitererzähle. Mein Vater ist kein Lehrer des Grauens. Ganz im Gegenteil. Wenn einer ein Lehrer ist, dann er. Das stellte sich heraus, als er endlich richtig loslegte. Papa hatte die besten Ideen. Jetzt, da er uns alle um sich hatte, pfiff er einfach auf die Arbeitsblätter und machte der Nase nach. Sagt man das so? Na, ihr wisst, was ich meine. Und auf einmal fand ich die Schule gar nicht mehr so langweilig. Vielleicht hatten Papa und ich ja auch das gemeinsam. Vielleicht war Papa auch kein guter Arbeitsblattschüler gewesen?

Der Vormittag war jedenfalls großartig, und selbst Mathe machte mir auf einmal richtig Spaß. Für Englisch holte Paula dann aber ihren Laptop und stellte ihn neben Papa. Englisch ist echt nicht seine Stärke. Da war er vernünftig und schaltete uns zu Frau Niemanns Unterricht dazu.

Die freute sich richtig, uns zu sehen. Cem, Kerim und Luisa auch, die wie jeden Tag über das Internet mitmachten. Dass unsere Klassen total durcheinandergewürfelt waren, störte Frau Niemann nicht.

133

»Wir wollen ja niemanden ausschließen, nicht wahr?«, fragte sie. Nach der Stunde ließ sie sich ausführlich zeigen, wie wir alle aussahen. Also ehrlich, Frau Niemann war richtig nett. Man hätte meinen können, sie hatte uns vermisst.

»Was ist denn eigentlich mit Martin?«, fragte ich. Nini übersetzte, weil nur sie mich mit dem Schnorchel im Mund verstehen konnte.

Frau Niemann wiegte den Kopf hin und her. »Das weiß ich leider nicht. Ich habe seine Mutter noch nicht erreicht. Vielleicht hat er nur gerade kein Internet.«

Frau Niemann verabschiedete sich von uns.

»Ich freue mich schon auf morgen, meine Lieben.« Sie lächelte und schnappte nach Luft.

Ernsthaft. Sobald ich wieder Zeit habe, werde ich nachprüfen, ob Frau Niemann und die Nachrichtenfrau Schwestern sind.

Aber jetzt geht das leider nicht. Ihr wisst es vielleicht noch: Ich liege hier rum und unterhalte euch, während ich eigentlich einen Einbrecher dingfest machen sollte.

»Virus 1, bist du eingeschlafen? Kann mal jemand nachsehen?«

O je! Cilli wird ungeduldig!

Ich mache mal lieber schnell. Ihr müsst nämlich noch ein paar Sachen wissen, bevor sie hier auftauchen. Jetzt habe ich ja schon angefangen, da will ich euch nicht so hängenlassen.

Als wir mit dem Unterricht fertig waren, besprach Papa noch so einiges mit Frau Niemann. Dafür zog er sich mit Paulas Laptop nach oben zurück. Kamran und Mahnusch gingen wieder nach drinnen. Kamran hatte Sarah auf seine Füße gestellt und schlurfte mit ihr davon. Das werde ich mit dem Zwerg auch machen, wenn er alt genug ist.

Die Erwachsenen an den Fenstern ließen uns auch in Ruhe. Das war nett. Und nötig. Denn wir hatten schließlich eine ganze Menge zu besprechen. Paula übernahm es, den anderen von dem Licht zu erzählen. Und von Ralf. Und von Frau Kirchner.

Sofort fingen alle an, wild zu spekulieren.

»Okay, stopp«, rief Paula irgendwann. »Wer von euch hat ein Babyfon zu Hause?«

»Ein Babyfon?« Alex grinste. »Brauchst du eines?«

Paula verpasste ihm einen Knuff gegen den Regenschirmmantel, in dem er steckte. »Ich nicht, aber du«, sagte sie. Sie zog ihr Walkie-Talkie unter ihren Schwimmringen hervor und gab Ebo einen Wink. Der holte das Babyfon raus und funkte Paula an.

»Ebo an Paula, bitte kommen. Over.«

»Paula hört?«, sagte Paula in ihr Walkie-Talkie.

Alex verzog beeindruckt den Mund. »Okay, das ist cool. Ich schätze, wir sollten alle auf die Suche nach Babyfonen gehen. Oder hat noch jemand ein altes Walkie-Talkie im Keller?«

135

»Wir vielleicht«, meldete sich Leo zu Wort.

»Alles klar, dann gehen alle auf die Suche. Wer eines hat, meldet sich bei uns. Und für die, die sich bis heute Abend nicht melden, müssen wir uns was ausdenken.«

Die anderen schwärmten sofort aus. Nur Jan und Lena rührten sich nicht von der Stelle.

»Was ist?«, fragte ich. »Wollt ihr nicht auch nachsehen?«

»Schon«, sagte Jan. »Aber wenn wir nicht nach Hause kommen, gibt es Ärger.«

»Ihr kriegt euch zurzeit ganz schön oft in die Wolle, was?«, sagte ich.

»Ja. Papa darf das Lokal nicht mehr aufmachen. Und er weiß nicht genau, wie es weitergehen soll. Darum hat er schlechte Laune.«

»Immerhin hat er frei«, sagte Nini. »Bei uns haben alle schlechte Laune, weil sie arbeiten gehen müssen.«

»Das stimmt nicht«, widersprach ich ihr. »Papa ist auch fast durchgedreht, weil er nicht zur Arbeit durfte.« Ich drehte mich zu Jan um. »Es wird bestimmt alles gut, wenn die Dinge wieder normal sind.«

»Weiß nicht«, sagte Jan. »Dann ist es vielleicht zu spät.«

Daran hatte ich noch gar nicht gedacht. Dass die Lehnhardts ein Restaurant hatten und dass sie ohne Gäste ja nichts verdienten. Langsam hatte ich das Gefühl, dass es ganz schön viel gab, worüber ich noch nicht nachgedacht hatte. Als wäre dieses Eingesperrtsein ein Mikroskop, unter dem all das zum Vorschein kam, was wir bisher einfach übersehen hatten. Aber es war immer da gewesen.

In diesem Moment hörten wir aus dem Hausflur ein lautes Scharren. Wir drehten uns um. Ralf kam vorne gerade ins Haus. Mit Papas Werkzeugkasten. Noch hatte er uns nicht gesehen. Blitzschnell schloss ich die Tür, die zu uns in den Hof führte. Aber nur so weit, dass ich noch durch den Spalt linsen konnte. Ralf lief auf uns zu. Ich hielt die Luft an. Er hatte nicht nur Papas Werkzeugkasten dabei, sondern auch eine schwarze Tasche. Sie war es, die so scharrte. Ralf zerrte sie über den Boden. Offensichtlich war sie zu schwer zum Tragen. Er schleifte sie in den Keller. Kaum war er verschwunden, öffnete ich die Hoftür ein Stück weiter, aber ich konnte nichts Auffälliges entdecken.

»Wo ist er hin?«, fragte Nini.

»In den Keller«, sagte ich. »Er hatte eine schwere Tasche dabei.«

»Schwer?«, fragte Jan. »Was er da wohl drin hat?«

»Ich gehe ihm nach«, beschloss ich. »Ich will sehen, was er da unten treibt.«

»Wir kommen mit«, sagte Nini. Aber ich musste nur einen Blick auf ihre Flügel werfen, und sie merkte es selbst. Ich war von uns vieren hier der Einzige, der überhaupt nur annähernd durch die Kellertür passte.

»Okay, aber sei vorsichtig«, sagte sie.

»Versteht sich von selbst«, nuschelte ich. Euch kann ich

es ja sagen. Mir war überhaupt nicht wohl dabei. Aber jetzt oder nie, richtig? Das war unsere Chance.

Ich schlich die Kellertreppe hinunter. An der Tür blieb ich stehen und lauschte. Ralf war hinten im Keller. Etwas schabte über den Holzboden, und er keuchte.

Vorsichtig schob ich mich in den Gang, wartete, machte einen Schritt. Wartete. Er hatte mich noch nicht bemerkt. Also schob ich mich noch ein Stück weiter. Jetzt konnte ich sehen, in welchem Abteil er war. Es war keine große Überraschung, und trotzdem erschrak ich. Natürlich machte Ralf sich in Frau Kirchners Keller zu schaffen. Er versperrte den Eingang mit seinem Rücken. Aber er schien irgendwas aus der Tasche zu laden, die er dabeihatte. Ich rückte noch ein Stückchen näher an ihn heran. Vielleicht konnte ich … Zipp! Ralf zog den Reißverschluss zu und richtete sich auf. Oh, oh! Ich stand nur zwei Armlängen hinter ihm. Was jetzt? Was, wenn er sich umdrehte und …? Er drehte sich um.

»Hallo«, sagte ich. Für Ralf klang es ungefähr so: »Mkaggo!«

Ralf guckte mich an. Starrte. Fixierte mich. Aber dann fing er an zu lachen.

»Was machst du denn da?«, fragte er glucksend, aber er trat ein Stück zurück. Dabei schob er mit dem Fuß die Tasche in das Kellerabteil. Ich versuchte, an ihm vorbei einen Blick in das Abteil zu erhaschen. Doch alles, was ich sehen konnte, war die Gold- und Silberfolie. Und noch etwas entdeckte ich. Ralf hatte eine Schürfwunde an der Hand. Sofort ploppte in meinem Kopf das Bild von dem Einbrecher auf. Er war gestolpert, richtig? Aber es war doch die blaue Hose gewesen und nicht Ralf. Oder war Ralf die blaue Hose? Und dann fiel mir auch noch Herr Friedrich ein, der vorhin fast über seine schwarze Tasche gefallen wäre. Das hatte ganz ähnlich ausgesehen! War *Herr Friedrich* die blaue Hose? Ach, du meine Güte!

»Nikosch?«, fragte Ralf und bekam wieder seinen Gruselblick.

»Mkippummmmmpfagiiiiiko!«, sagte ich. Das brauche ich euch nicht zu übersetzen, denn es sollte gar nichts heißen. Ich wusste bloß einfach nicht, was ich sagen sollte. Ralf nickte nachdenklich.

»Ach so«, sagte er. »Na, dann will ich dich nicht aufhalten.«

Hastig trat ich den Rückzug an.

»Nküss!«, sagte ich und machte mich auf den Weg in unser eigenes Kellerabteil. So leicht würde ich es Ralf nicht machen. Jetzt, da die Gefahr, dass er mich erwischen würde, gebannt war, konnte ich ja wohl in aller Ruhe hier unten bleiben.

Das allerdings schien Ralf sich auch gedacht zu haben. Kaum war ich in unserem Abteil, kam er mit seiner Tasche den Gang entlang und verschwand nach draußen.

Ich folgte ihm, so schnell es als lebende Seifenblase eben ging. Als ich endlich das Ende der Kellertreppe erreicht hatte, standen Nini, Jan und Lena schon im Flur.

»Wo ist er hin?«, fragte ich sie.

Nini zeigte zur Haustür.

»Wieder raus?«, fragte ich überflüssigerweise.

Sie nickte. »Ja. Über die Straße.«

»Mitten am Tag?«, fragte ich mich laut.

»Ja, sehr merkwürdig«, sagte Jan.

»Wir müssen wachsam bleiben«, erklärte ich.

»Das müssen wir«, sagte Nini.

Und hier sind wir jetzt

Da wären wir also. Fast.

Ich muss euch noch erzählen, dass wir es tatsächlich geschafft haben, genug Babyfone und Walkie-Talkies für alle aufzutreiben. Natürlich haben wir unseren Eltern nichts davon gesagt. Das wäre ja völlig sinnlos gewesen. Aber wir waren vorbereitet. Und nicht nur wir.

»Nikosch für Frau Kirchner. Nikosch für Frau Kirchner«, sagte ich in mein Walkie-Talkie. »Bitte kommen. *Over*.«

»Ich höre. *Over*«, antwortete sie beinahe sofort.

»Frau Kirchner?«, wunderte sich Mehtap.

»Natürlich, Kinder«, kicherte Frau Kirchner. »Ich freue mich, euch alle zu hören. Es ist so einsam und still ohne euch. Aber lasst doch das blöde *Frau* endlich mal weg. Wir sind Komplizen, richtig? Also, ich bin die Cilli.«

»Cilli«, flüsterte Nini. Die anderen schwiegen.

»Also, was steht an?«, fragte Frau Ki... Cilli.

»Immer noch die blaue Hose«, sagte Paula. »Und Ralf.«

Ich erklärte allen, was passiert war. Auch das mit Herrn Friedrich.

»Ich schätze, Ralf ist zur Baustelle rübergegangen.« Ich kriegte das alles immer noch nicht zusammen, aber anders konnte es nicht sein, oder?

»Na gut«, schloss Ajas. »Dann bleibt uns wohl nichts anderes übrig, als auf der Baustelle nachzusehen, was er da treibt. Und was hat er in Cillis Keller gebracht?«

Cilli kicherte. »Hach, ist das alles aufregend«, sagte sie. Ihr musste wirklich sehr langweilig gewesen sein. Sie war noch nicht mal nervös wegen der Kellersache.

»Aber er darf uns auf keinen Fall noch mal da unten erwischen«, warf Ebo ein. »Das ist zu verdächtig. Wir müssen vorsichtiger vorgehen.«

»Also, dann lassen wir die Baustelle jetzt keine Sekunde mehr aus den Augen«, sagte ich.

»Und auch die Weißen Löcher nicht«, fügte Paula hinzu.

»Und was machen wir mit Herrn Friedrich?«, fragte ich.

»Ach der«, sagte Ajas. »Der spinnt sicher nur.«

Cilli kicherte.

Ich war nicht sicher, ob Ajas einfach nur Schiss vor Herrn Friedrich hatte oder ob er meine Beobachtung für nicht wichtig hielt. Aber die anderen taten es anscheinend auch nicht. Darum sagte ich nichts weiter dazu.

Wir teilten uns in Schichten ein. Schließlich konnten wir unmöglich alle gleichzeitig rund um die Uhr beobachten.

Ajas und Cilli machten den Anfang. Dann waren Alex

142

und Paula dran. Nini und ich würden den Abend überneh-
men. Ebo, Leo, Sevi, Mehtap und Filiz wohnten ja zum Hof
raus. Sie wurden aber auf die Schichten verteilt, um uns zu
unterhalten. Die Vormittage, wenn wir Unterricht hatten,
bekam auch Cilli.

Den Nachmittag über blieb es ruhig. Der Abend brachte
auch nichts Spannendes. Aber kaum hatten Nini und ich
weit nach zehn Uhr unseren Beobachtungsposten bezo-
gen, ging es los. Die Taschenlampe blitzte auf. In der Nummer 3!

»Paula, habt ihr gepennt?«, fragte Nini ins Walkie-Talkie.

»Was?«, fragte Paula. Sie klang, als wäre sie gleich ins Bett
gegangen und auch auf der Stelle eingeschlafen.

»Er ist schon drüben«, informierte Nini sie.

»Oh!« Paula war mit einem Schlag hellwach. »Er ist wieder im Haus?«

»Ja!«, sagte ich.

»Aber das ist unmöglich! Wir haben nicht gepennt.«

»Dann ist er vielleicht ohne Licht rübergeschlichen.«

»Er hat bestimmt auf der Baustelle gewartet, bis es dunkel
wird«, schaltete Ebo sich ein. Er war als unser Unterhalter
eingeteilt.

»Pst!«, brachte Nini ihn zum Schweigen.

Es war wie schon beim letzten Mal. Die Lampe fuhr
irgendwie ziellos durch das Zimmer im ersten Stock und

143

leuchtete die leeren Wände an. Aber dann stand sie plötzlich still. Und begann zu blinken.

»Was soll das?«, fragte Paula. »Macht der da drüben Disco oder was?«

Auf einmal brach die Lichtdisco ab.

»Das war ja schräg«, murmelte Nini. Und es wurde noch schräger. Denn im selben Moment trat unten jemand auf die Straße. Nicht vor dem Weißen Loch. Sondern vor unserem Haus.

»Ralf!« Verwirrt guckte ich rüber zu dem dunklen Fenster, in dem eben noch Disco stattgefunden hatte.

»Okay, wenn Ralf da unten ist, dann muss das da drüben die blaue Hose sein. Los, den kriegen wir.«

In diesem Augenblick ging das Blinken wieder los.

»Warte.« Nini zog mich am Schlafanzugärmel. »Das Blinken hat ein System.«

»Was für ein System?«

»Guck doch mal. Das sind zwei Arten von Signalen.« Nini hielt mich immer noch fest. Mit dem Zeigefinger tippte sie die Signale mit.

»Kurz, kurz, kurz. Lang, lang, lang. Kurz, kurz, kurz.«

»SOS!«, riefen wir beide im Chor.

Das Morsealphabet war unser Geheimtrick, um Pläne zu schmieden, ohne dass Mama und Papa und Natti uns verstanden. Wir hatten nächtelang im Bett gelegen und geübt, ganze Sätze aus kurzen und langen Signalen zu schreiben.

Jeder Buchstabe hat eine andere Kombination aus kurz und lang.

»Was ist los?«, schaltete Ebo sich ein.

»SOS«, informierte Paula ihn. »Das Licht. Das sind Morsezeichen.«

»Save our souls«, flüsterte Ebo.

Falls ihr genauso schlecht Englisch sprecht wie ich: *Save our souls* bedeutet *Rettet unsere Seelen.* Ist ein alter Schiffsnotruf. Aber warum sollte der nicht auch an Land funktionieren? Ernsthaft, das da drüben war ganz klar und unmissverständlich ein Notruf!

»Da wird jemand gefangen gehalten!«, schloss ich.

»Hä? Der Einbrecher hält sich selbst gefangen?«, überlegte Nini.

»Quatsch! Aber vielleicht wen anders. Die traurige Nachbarin? So oder so: Wir müssen nachsehen!« Ich riss mich aus Ninis Klammergriff.

»Nini an alle! Nini an alle!«, funkte Nini. »Alarmstufe rot! Aufwachen!«

»Cilli an Nini!«, meldete sich Cilli als Erste. »Was ist los?! *Over.*«

Nini erklärte es ihr, und nach und nach verbreitete sich das Signal zum Aufbruch auch bei den anderen.

»Ihr wisst, was ihr zu tun habt«, sagte Nini.

O ja, und wie.

Das hättet ihr sehen sollen! Keine zehn Minuten später

schlich im dunklen Kaninchenbau eine Menge seltsamer Gestalten herum. Es war schon erstaunlich, dass es alle geschafft hatten, heimlich aus den Wohnungen zu kommen. Aber wenn ich jetzt so darüber nachdenke, dann ist mir schon klar, warum das so gut geklappt hat. Unsere Eltern hatten einfach nicht damit gerechnet. Müde von der Arbeit oder vom Nichtstun oder vom Streiten, waren sie ins Bett gegangen und froh, wieder einen Tag hinter sich gebracht zu haben. Und wir? Kaum waren wir auf der Straße, verteilten wir uns. Dafür mussten wir nicht lange überlegen. Das konnten wir. Wir schlichen uns zur Baustelle, auf der Ralf mittlerweile verschwunden war.

Ebo ging mit Jan und Lena, Sevi mit Filiz und Ajas, Alex mit Mehtap und Leo. Und natürlich gingen Nini, Paula und ich zusammen.

»Ich behalte die Lage vom Fenster aus im Blick«, hatte Cilli gesagt. »Und jetzt verratet mir euren Code.«

»Was für einen Code?«, hatte Ajas gefragt.

»Also bitte, haltet mich nicht für verkalkt.« Cilli war echt entrüstet gewesen. »Jede verdeckte Operation hat einen Code. Ich sage nur Baustelle …«

Und da war mir ihr gekipptes Fenster eingefallen. Und mein Gefühl, beobachtet zu werden.

Cilli hatte gekichert. »Also. Wie verständigt ihr euch, wenn ihr da drüben eure Sachen veranstaltet?«

»Wir geben uns Handzeichen«, hatte ich erklärt.

»Handzeichen. Na gut, das geht wohl in diesem Fall nicht.« Sie hatte einen Moment überlegt. »Mal sehen. Also ... ja, das wird funktionieren.«

»Was denn?«, hatte Paula gefragt.

»Ach, das werdet ihr dann schon sehen«, hatte Cilli gesagt. »Und jetzt los. Ralf wird da unten sicher nicht ewig herumtrödeln.«

Wir strömten also aus. Der Plan war, uns der Baustelle von allen Seiten zu nähern, um Ralf einzukreisen. Nini, Paula und ich würden rund um das Weiße Loch Stellung beziehen und ihn abpassen, sollte er den anderen durch die Lappen gehen. So würden wir auch die blaue Hose einfangen, sobald sie rauskam.

»Ich gehe an die Terrasse«, schlug Paula vor, als wir über die Straße flitzten.

»Okay«, sagte ich. Dieses Mal brauche ich es euch nicht zu übersetzen. Ich hatte den Schnorchel nicht im Mund, das muss ich zugeben. Vor lauter Aufregung hatte ich das ganz vergessen. Aber es war ja auch niemand unterwegs, dem es aufgefallen wäre. Und wo wir gerade von Aufregung sprechen: Ich war endlos froh, dass Paula freiwillig den Gartenweg übernahm. Vielleicht hatte ich Glück, und Nini würde sich zwischen den Häusern in Position bringen. Dann konnte ich hier vorne auf der Straße bleiben.

Ich hatte kein Glück. Denn wisst ihr noch, wie die blaue Hose auf dem Weg zwischen den Häusern gestolpert ist?

Tja. Ich habe das auch geschafft. Und ich hatte noch nicht mal eine Tasche dabei, über die ich stolpern konnte. Aber hier ist der Weg auch wirklich schmal! Macht ihr das mal mit so einem Anzug. Oder mit einer schweren Tasche voller Diebesgut.

Ich liege jetzt jedenfalls hier. Und weil meine Brille beim Fallen auch noch irgendwie von meiner Nase unter den Ball geraten ist, sehe ich noch weniger, als ich es im Dunkeln sowieso tun würde.

»Virus 5 an Virus 2. Bitte kommen.« Das war Cilli. Virus – das ist also ihr Codename für unsere Aktion, ihr habt es bestimmt schon erraten. »Die Schildkröte ist ausgeschaltet. *Over.*«

Echt jetzt? Was soll das denn bitte heißen?

»Virus 5 an Schildkröte. Ich habe dich im Visier. Gebe Deckung. *Over.*«

Ich glaub's nicht. Cilli hat's echt raus. Was sie damit sagen will, weiß ich zwar nicht, aber bitte. Vielleicht verstehen ja Paula oder Nini mehr. Oder Ebo. Der guckt dauernd Agentenfilme.

Wenn ich nur an dieses blöde Walkie-Talkie käme! Vielleicht wenn ich irgendwie einen Zweig von der Hecke zu fassen kriege. Dann könnte ich …

»Aaaaaah!«

Schildkröte schnappt Einbrecher

Ein Schrei platzt in die Stille. Nicht durchs Funkgerät, sondern direkt in meine Ohren. Mein Trommelfell vibriert. Dann knallt irgendwas auf mich. Ich werde hochgeschleudert wie ein aufgetitschter Ball, der vom Boden zurückprallt. Moment. Ich *bin* ein aufgetitschter Ball. Und ich habe ganz schön Schwung.

»Uaaaaaahhhh!« *War* das ich? Nein. Das war Ralf! Ich bin auf ihm gelandet. Nachdem er ganz offensichtlich auf mir gelandet ist. Das nennt man dann wohl ausgleichende Gerechtigkeit, was?

»Was – machst – du – hier?«, ruft er. Ich titsche immer noch herum. Nicht mehr auf ihm, er hat sich zur Seite gerollt.

»Das – sollte – ich – wohl – dich – fragen!«, antworte ich. Wann hört dieses Getitsche endlich auf? Mir wird schlecht!

»Virus 5 an alle. Virus 5 an alle. Sofort kommen!«, funkt Cilli irgendwo unter mir.

»Virus ... äh, 1 ... Wir sind da!?«, höre ich Ninis Stimme.

»Virus 2, 3, 4. Wo seid ihr?«, will Cilli wissen. »Bitte kommen. Gefahr im Verzug.«

»Virus 2 hier«, höre ich Ajas.

»Nein, wir sind Virus 3, oder?«, flüstert Filiz. »Gib mal her.« Es raschelt und knackt. Zwischenzeitlich meldet sich Ebo. »Virus 2 hört«, sagt er.

»Siehst du?«, höre ich Filiz.

»Virus 4 am Start«, kichert Lena.

»Woher willst du denn wissen, dass wir die 3 sind?«, fragt Ajas. »Nur, weil Ebo behauptet, die 2 zu sein?«

»Hallo?«, sagt Ralf verwirrt. Er hört, was ich höre, aber er weiß nicht, woher es kommt. Ich weiß es ja auch nicht mehr. Keine Ahnung, wo das Walkie-Talkie inzwischen liegt. Wenigstens starrt Ralf mich nicht mehr an. Er guckt sich ängstlich um.

»Virus 5 an alle«, meldet sich Cilli wieder. »Die Schildkröte braucht Verstärkung.«

»Schildkröte?«, fragt Sevi. »Welche Schildkröte?«

»Schildkröte!«, ruft Nini. »Los, Paula!«

Na, endlich! Das wurde aber auch echt Zeit. Wenn die nicht gleich hier auftauchen, spucke ich mein Abendessen durch die Gegend. Oder Ralf hat sich berappelt und macht sich aus dem Staub. Oh. Warte. Nicht mit mir. Ich versuche, mich, so gut es geht, näher an ihn heranzutitschen. Ralf ist noch immer so verwirrt von all den Stimmen, dass ich tatsächlich seine Hand zu fassen kriege.

150

»He!«, ruft er und will sie wegziehen. Aber ich habe den Klammergriff. Allein schon, um nicht wieder durch die Gegend geschleudert zu werden, halte ich mich so fest, als ginge es um mein Leben. Ralf beginnt zu zappeln.

»Stopp!«, flüstere ich, so nachdrücklich das überhaupt geht, wenn man die Nachbarn nicht wecken will. »Stopp!«

»Lass los!«, knurrt Ralf. Auch er will wohl niemanden wecken. Aha! »Lass! Mich! Los!«

Aber ich lasse nicht los. Ich hänge an ihm wie ein Bommel an einer Pudelmütze. »Niemals! Das Spiel ist aus!«

»Welches Spiel?«, erkundigt sich Ralf und zappelt weiter. Er spielt den Ahnungslosen!

»Finger weg von meinem Bruder!«, zischt es in diesem Augenblick zwischen den Häusern hindurch. Im selben Moment kommt ein Schmetterling mit Motorradhelm aus der Dunkelheit auf uns zu und wirft sich auf Ralf.

»Sehr gut, Virus 1! Jawohl!«, kommentiert Cilli.

Ich werde zu Boden gedrückt.

»Na, genug gewippt?«, fragt Paula und grinst bis zu den Ohrläppchen. O je. Das werde ich mir noch bis Weihnachten anhören müssen. Und es ist gerade erst Frühling. Paula hilft mir auf die Beine. Aaaah, ist das schön!

»Äh, die hier ist wohl kaputt.« Sie drückt mir meine Brille in die Hand, die tatsächlich ziemlich plattgehüpft aussieht.

»Virus … 3 … hier, was ist da los?«, fragt Sevi.

»Der Schmetterling ist gelandet!«, wird sie begeistert von Cilli informiert.

»Der Schmetterling …?«, beginnt Ajas, aber Ebo unterbricht ihn. »Die blaue Hose! Er kommt!«

Paula zückt ihr Walkie-Talkie. »Die blaue Hose? Haltet ihn auf!« Dann hockt sie sich neben Ralfs Gesicht. »Mit wem arbeitest du zusammen? Wer ist dein Komplize?«

Ralf sieht sie fragend an. »Blaue Hose?«

»Tu nicht so ahnungslos!« Ich zeige auf seine Schürfwunde. »Wir haben dich neulich gesehen, als du gestürzt bist. Und zwar hier!«

Nini dreht sich im Liegen zu mir um. »Hä? Nikosch, das ergibt doch gar keinen Sinn.«

Tut es nicht? Wartet mal. Stimmt ja! Wenn Ralf und die blaue Hose nicht derselbe sind, warum hat Ralf denn dann die Schürfwunde?

»Gestehe!«, sage ich, um erst mal von dem Problem abzulenken, und gucke Ralf streng an. Ich versuche es zumindest. Ohne Brille ist das gar nicht so leicht, müsst ihr wissen.

»Ich weiß überhaupt nicht, wovon ihr sprecht«, jammert Ralf. »Was macht ihr eigentlich hier?«

»Das fragen wir dich!«, rufe ich. So leicht gebe ich nicht auf.

Ralf holt unter Nini mühsam Luft. Vielleicht, um was zu sagen. Aber falls er das tut, wird er von Cilli übertönt.

»Sehr gut! Macht den Blauwal platt!« Sie kichert.

Aha, der Angriff auf die blaue Hose hat begonnen. Übers Walkie-Talkie bekommen wir alles mit. Es herrscht ein ziemliches Tohuwabohu.

»Kamran?«, hören wir Ajas plötzlich fragen. Augenblicklich hört das Getümmel auf.

»Ja, Mann«, ächzt Kamran. Dann wird es still. Nur ein leises Knistern verrät uns, dass die Funkgeräte noch an sind.

»Kamran ist die blaue Hose?«, wispert Nini.

»Ja«, stöhnt Ralf.

»Und Herr Friedrich?«, frage ich leise.

»Herr Friedrich? Was soll denn mit dem sein?« Ralf wendet sich an Nini. »Würdest du jetzt bitte endlich von mir runtergehen?«

Nini setzt sich auf. Ich trete einen Schritt näher, bereit, mich sofort auf Ralf fallen zu lassen, sollte das ein Trick sein.

»Also?«, fragt Paula. »Was hast du uns zu sagen? Und ich rate dir, bei der Wahrheit zu bleiben.«

Wow, das klang ja megacool!

»Virus 5 an 2, 3 und 4«, meldet Cilli sich wieder zu Wort. »Ihr könnt ihn nach vorne bringen.«

Unsere Gang befolgt den Befehl sofort. Als sie bei uns ankommen, springt Ralf auf.

»Kamran, lass mich reden!«, sagt er.

Aber Kamran schüttelt den Kopf. »Das sollte ich wohl inzwischen können, oder? Mich verteidigen?«

»Also, dann verteidige dich mal«, befiehlt Paula. »Warum

153

brichst du … ihr … bei anderen Leuten ein? Und was habt ihr in Cillis Keller zu suchen?«

Aus dem Walkie-Talkie hören wir Cilli kichern. In diesem Moment geht im Kaninchenbau ein Licht an.

»Die Yilmaz'!«, flüstert Paula. »Ab in die Büsche!«

Wenn wir eines können, dann ist es, schnell zu verschwinden. Auf einen Schlag ist der Heckenweg leer. Zumindest muss es von gegenüber so aussehen. Der Schatten, den die Hecke im Mondlicht und den wenigen, funzeligen Straßenlaternen wirft, und ihre Büsche selbst geben uns Deckung. Sogar Ralf und Kamran sind still. Gegenüber öffnet Herr Yilmaz das Fenster und beugt sich hinaus, um auf die Straße zu gucken. Als er sieht, dass nichts zu sehen ist, macht er das Fenster wieder zu. Kurz darauf geht das Licht aus. Wir scheinen alle gleichzeitig auszuatmen.

»Also, zurück zu euch«, sagt Paula zu Kamran und Ralf.

»Ja, nun erzählt es ihnen schon!«, meldet sich Cilli leise zu Wort.

Kamran sieht uns an. Einen nach dem anderen. Am Schluss bleibt er bei Ajas hängen.

»Ich bin kein Einbrecher. Das musst du mir glauben.«

»Es sieht aber alles danach aus«, sagt Nini, weil Ajas nur auf den Boden guckt. Kamran wirft Nini einen Blick zu, der vielleicht als verwirrt durchgehen kann.

»Also, was habt ihr gestohlen?«, frage ich ihn im besten Verhörton, den ich hinkriege.

»Wir …?« Kamran seufzt und sieht Ralf an. »Ich weiß, Identitätsdiebstahl ist eine Straftat«, sagt er dann. »Aber ihr müsst mir glauben, ich habe das nur gemacht, weil …«

»Identi-was?« Ich verstehe kein Wort.

»Identitätsdiebstahl«, raunt Nini mir zu. »Das ist, wenn man so tut, als wäre man jemand anders. Zum Beispiel, um im Internet was zu kaufen, was dann der andere bezahlt.«

Aha! So was machen Leute? Ist ja schräg.

»Was habt ihr gekauft?«, will ich wissen. Immer noch klinge ich sehr streng, und das ist gut so. »Raus mit der Sprache.«

»Ja, Kamran«, funkt Cilli. »Raus mit der Sprache.« Sie klingt auf einmal ganz freundlich.

Kamran seufzt wieder. »Okay?«, fragt er. Das galt Ralf. Der nickt, gar nicht gruselig.

»Ich bin kein Einbrecher«, sagt Kamran noch mal. »Aber ich bin auch nicht, was ihr denkt.«

»Du bist nicht Ajas' Bruder?«, flüstert Mehtap.

»Natürlich bin ich Ajas' Bruder.« Kamran macht einen Schritt auf Ajas zu und knufft ihn gegen die Schulter.

»Ey«, sagt Ajas. Aber er mag es, das ist klar.

»Er ist aber kein Schreiner«, mischt sich jetzt Ralf ein.

»Du bist kein …?« Ajas guckt Kamran an, als wäre er ein Ufo. Kamran schüttelt den Kopf. »Ich will viel lieber studieren«, sagt er.

»Und warum tust du es dann nicht einfach, sondern

schleichst hier nachts in fremden Gärten herum und verfolgst Kinder auf Baustellen?«, frage ich.

Jetzt grinst Kamran. »Du meinst Kinder, die da heimlich sind, weil sie dort nämlich absolut nichts verloren haben?«

Wo er recht hat, hat er recht.

»Also, was ist das mit dem Studieren?«, kommt Paula schnell aufs Thema zurück.

»Ich will studieren. Aber das ist kompliziert. Ich brauche erst mal das Abi. Mama und Papa finden aber, ich soll Schreiner werden und Geld verdienen, weil wir das nämlich dringender brauchen.«

»Und was hat das alles mit dir zu tun?« Nini guckt Ralf so stechend an wie er sonst immer uns.

Ralf grinst. »Ich finde mein Studium todlangweilig. Aber es haben immer alle im Kaninchenbau so auf mich vertraut. Also haben wir heimlich getauscht.«

»Getauscht?«, hakt Ajas nach.

»Getauscht«, bestätigt Kamran. Er drückt Ajas seine Taschenlampe in die Hand. »Halt mal.« Dann nimmt er Ralf die Brille ab und setzt sie sich auf. Er zieht die Augenbrauen zusammen und starrt Ajas an.

»Wow!«, flüstert Paula atemlos. »Ihr könntet ja Brüder sein!«

Könnten sie? Bis auf die Umrisse der Brille und ihre dunklen Haare kann ich in dieser Dunkelheit und ohne meine Brille nichts erkennen. Aber die anderen sind alle ganz baff. Die beiden scheinen sich also wirklich ähnlich zu sehen.

Warum ist uns das nur vorher nie aufgefallen? Vielleicht waren wir zu abgelenkt von Grusel-Ralfs Starrblick.

»Okay, also, dann studierst du statt Ralf«, fasst Paula zusammen. »Und du?«, fragt sie Ralf.

»Ich lerne das Schreinern«, gibt er zu.

»Ja, ja, das klingt ja alles ganz schön«, unterbreche ich. Das hier ist immer noch ein Verhör, richtig? »Aber das erklärt noch nicht, warum ihr hier in die Häuser einbrecht.«

»Und Keller«, ergänzt Nini.

»Und Keller«, sage ich.

Jetzt gucken Ralf und Kamran ehrlich verwirrt. »Häuser? Wir sind nirgends eingebrochen.«

»Ihr seid nicht ... was?«

»Ihr habt einen Einbrecher beobachtet?« Ralf wird ganz ernst. »Wann?«

»Zweimal«, antworten Nini und ich gleichzeitig. »In der Ewigkeit.«

»In der Ewigkeit?« Kamran runzelt die Stirn.

»Ja, egal«, sage ich schnell. »Jedenfalls hat er immer dann zugeschlagen, wenn ihr auch draußen wart.« Die Gedanken überschlagen sich in meinem Kopf. »Ihr wart doch auf der Baustelle?« Was, wenn sie es nicht waren? Aber wir haben doch die blaue Hose gesehen. Und die Schuhe. Und wenn so was noch jemand anderes trägt? Und überhaupt: Wenn sie es nicht waren, dann schleicht hier ja noch jemand herum! Ich komme nicht mehr dazu, meine Gedanken auszusprechen. Denn in diesem Moment leuchtet in der Nummer 3 die Taschenlampe auf.

Schildkröte an Clown

»Da!«, rufe ich. Das Licht ist hinter dem seitlichen Fenster genau über uns.

Gebannt starren wir nach oben.

»Was ist das?«, fragt Mehtap.

»SOS«, erklärt Ebo. »*Save our Souls*. Ein Notruf.«

Ich drehe mich zu Ralf um. »Und? Habt ihr damit immer noch nichts zu tun?«

»Nein«, sagt Ralf. »Wie du siehst, stehen wir hier unten.«

»Aber warst du nicht gerade im Haus?« Verwirrt sehe ich Kamran an, dann die anderen. »Habt ihr ihn nicht geschnappt, als er aus dem Haus kam?«

»Nein«, sagt Ebo. »Er kam über die Wiese.«

Ach herrje. Das wird ja immer komplizierter.

»Wie auch immer, da wird wohl bloß eine Lampe flackern«, sagt Ralf.

»Eine Lampe flackert SOS?«, fragt Paula skeptisch.

»Sicher nicht«, sagt Ralf. »Aber mir kommt es vor, als hättet ihr ein bisschen zu wenige Abenteuer erlebt in der letzten Zeit.« Er grinst.

»Du lenkst ab«, sage ich. Das SOS ist das eine. Und das andere: »Ihr habt uns noch immer nicht erklärt, was ihr auf der Baustelle gemacht habt. Und ich denke, das seid ihr uns schuldig.«

»Genau!«, sagt Nini. »Oder sollen wir vielleicht doch lieber im Kaninchenbau Bescheid sagen, dass da auf der Baustelle irgendjemand eingebrochen ist?«

Ajas schnappt laut nach Luft. Natürlich hat Nini das nicht vor, aber das kann er nicht wissen. Sie klang wirklich sehr überzeugend.

Auch Ralf durchschaut Nini nicht. Er seufzt und sieht Kamran an. Der zuckt die Schultern.

»Also gut«, sagt Ralf. »Wir zeigen es euch. Aber ihr müsst schwören dichtzuhalten.«

Das ist nicht weiter schwer. Im Dichthalten sind wir super.

»Und das SOS?«, fragt Nini zögernd. »Sollten wir nicht...?«

»Jetzt oder nie«, unterbricht Ralf sie. Nini seufzt. Ich nicke ihr zu. Um das SOS kümmern wir uns auch noch.

Wir folgen Ralf. Er schlägt tatsächlich den Weg zur Baugrube ein.

»He!«, beschwert sich Cilli. »Ich kann euch nicht mehr sehen. Wie soll ich euch da Deckung geben?«

»Ach, Cilli«, murmelt Ralf. »Sie führt sich wirklich auf, als wäre sie eine Spionin.«

»Bleib einfach dran, Cilli«, funke ich.

Cilli murmelt irgendwas Unverständliches, aber sie scheint einverstanden zu sein. Es bleibt ihr ja auch gar nichts anderes übrig.

Bei einem Bauwagen am Rand der Baugrube zieht Kamran einen Schlüssel aus der Tasche und schließt den Wagen auf.

»Du hast den Schlüssel?«, fragt Paula. »Wie …?«

»Ich habe hier gearbeitet, bis alles stillstand«, erklärt Kamran.

Mannomann, wenn wir das früher gewusst hätten.

»Hier passen wir aber nie alle rein«, sagt Nini, als Ralf die Tür öffnet.

»Das sollt ihr auch nicht.« Er klettert in den Bauwagen und kommt mit einem weiteren Schlüssel wieder heraus.

»Der Hausschlüssel!« Er grinst. Aber dann wird er gleich wieder ernst. »Benehmt euch da drin, versprochen? Und fasst nichts an.«

Natürlich nicht, was sollen wir denn auch anfassen in einem leeren Haus?

Okay. Diese Frage hat sich in dem Augenblick erledigt, in dem wir das Haus betreten. Der Raum, in den Ralf und Kamran uns führen, soll wahrscheinlich mal das Wohnzimmer werden. Aber jetzt ist es eine Schreinerwerkstatt. Und nicht nur das. Hier stehen fertige Möbel, angefangene

Möbel, und das Tollste: Überall sind Holztiere und andere geschnitzte Sachen. Alles wirkt durch meine kaputte Brille etwas schräg. Aber es ist da. Ohne Zweifel.

Nini stupst mich. »Die Leiter«, flüstert sie. Ich habe sie auch schon entdeckt. Sie steht vor einem Schrank, an dem die beiden wohl gerade gebaut haben.

»Das ist ja der Hammer.« Ajas bleibt vor einem kleinen Holzfuchs stehen, der ihn mit gespitzten Ohren aufmerksam ansieht.

»Und wie!« Nini hat was anderes entdeckt. Einen Tisch. In die Tischplatte sind mit hellerem Holz lauter Kreise eingelassen.

»Unser Sonnensystem«, flüstert Nini ehrfurchtsvoll. Sie zählt alle Planeten auf. »Und das ist die Erde, siehst du, Nikosch?«

»Klar«, sage ich. Und auch wenn ich so was gerne mal behaupte, dieses Mal stimmt es. Weil auf der Erde ein winziges schwarzes Kaninchen sitzt. Das ist echt der schönste Tisch, den ich je gesehen habe. Und auf einmal erscheint mir Ralf gar nicht mehr so gruselig.

»Das hast alles du gemacht?«, frage ich Kamran.

Er zeigt auf Ralf. »Wir beide. Mir macht es ja Spaß zu schreinern. Aber ich will es eben nicht mein ganzes Leben machen, um Geld damit zu verdienen.«

»Also, ihr habt hier die ganze Zeit heimlich zusammen gearbeitet?«, fragt Nini.

»Haben wir.«

Cilli kichert aus dem Funkgerät.

»Cilli, hast du das gewusst?«, frage ich.

»Natürlich. Und es war höchste Zeit, dass sie es endlich allen erzählen.«

Also wirklich. Cilli hat es faustdick hinter den Ohren!

»Aber ich dachte, du studierst jetzt?« Ajas guckt seinen Bruder verwirrt an.

»Das mache ich auch. Aber die Uni ist zu, genau wie alles andere. Und so lange habe ich Ralf ein bisschen was beigebracht.«

»Und woher habt ihr das ganze Holz?«, fragt Ebo. »Habt ihr das von der Baustelle geklaut?«

Ralf verdreht die Augen. »Wir klauen nicht. Zum letzten Mal.«

»Und woher habt ihr das dann alles?« Ebo bleibt hartnäckig.

»Wir haben einen freundlichen Spender«, sagt Kamran zögernd.

»Genug gefragt«, mischt sich Ralf schnell ein. »Also, das hier ist ab heute unser aller Geheimnis. Und ihr solltet jetzt zusehen, dass ihr wieder nach Hause kommt. Bevor noch jemand merkt, dass ihr weg seid.«

Keiner widerspricht. Und ich weiß auch, warum. Wir denken alle dasselbe.

Kaum stehen wir draußen an der Baugrube, sagt Ebo:

»Von wegen flackernde Lampe. Das Licht war so was von ein SOS!«

»Garantiert!«, pflichte ich ihm bei. Aber eines verstehe ich nicht. »Warum ist jemand in Not, der in so einem schicken Haus wohnt? Bei uns, okay. Da könnte es ja sein. Der Tafelladen hat zu, Jans Vater hat im Moment keinen Job mehr, die Steins gehen sich in ihrer Wohnung an die Kehle, selbst bei Ebo ist es nicht mehr schön zu Hause. Kamran und Ralf müssen heimlich ihre Namen tauschen, um das zu machen, was ihnen gefällt. Und wir haben seit einer Ewigkeit Langeweile, weil wir keinen Computer haben und Mama und Papa auch keinen kaufen können.«

Alle sehen mich groß an. Als hätte ich etwas Ungeheuerliches gesagt. Dabei ist es doch bloß die Wahrheit. »Aber hier in den Häusern, die haben garantiert so viel Platz, dass sie sich verlaufen. Und wetten, die haben einen riesigen Fernseher und mindestens drei Laptops und eine X-Box. Was fehlt einem da schon, dass man anderen sagt, sie sollen einen retten?«

»Die anderen«, murmelt Paula.

»Was?« Ich gucke sie an, dabei habe ich sie schon verstanden. Ich ärgere mich aber ein bisschen. Weil sie wahrscheinlich recht hat. Hat der da drüben, wer auch immer das ist, auch eine Ewigkeit hinter sich? Hängt er womöglich noch in ihr fest?

»Dann sollten wir wohl allmählich mal antworten. Oder was meint ihr?«

Ich gucke Nini an. Und Paula. Und all meine anderen Freunde. Ebo hat recht. Wenn in der Nummer 3 wirklich auch jemand in der Ewigkeit festhängt oder in etwas noch Schlimmerem, falls es das überhaupt gibt, dann müssen wir ihm helfen.

»Zuerst mal muss er wissen, dass wir ihn gesehen haben«, sage ich leise. »Also, ran die Taschenlampen, Leute!«

Wow, das war cool. Und es wirkt.

Nini springt als Erste auf. »Nikosch, du bist genial!«

Haben Sie das gehört, Frau Niemann? Herr Tanzer? Schön wär's ja mal!

»Ab nach Hause!«, rufe ich noch und schüttle die Faust. Ja, okay, das war nicht nötig. Aber es fühlt sich gut an.

Ich brauche den anderen nichts zu erklären. Wir sind Kaninchen, wir verstehen uns. Genauso wie wir gekommen sind, schleichen wir zurück. Das Licht blinkt nicht, als wir an der Nummer 3 vorbeikommen.

Im Treppenhaus teilen wir uns auf. Ebo, Jan und Lena gehen mit zu Ajas, und Sevi und Leo schleichen sich bei Alex rein.

»Filiz und Mehtap, ihr kommt mit zu mir«, bestimmt Paula. Der Plan ist riskant, aber alle wollen dabei sein. Ist doch klar, oder? Und Cilli? Erst jetzt fällt mir auf, dass sie schon eine ganze Weile nichts mehr gesagt hat. Aber als wir

165

mal alle einen Augenblick leise sind, hören wir sie schnarchen. Ach, Cilli.

Seltsamerweise ist es ganz leicht, unbemerkt nach Hause zu schleichen. Mama und Papa schlafen tief und fest.

»Okay, wo ist die Taschenlampe?«, flüstert Nini, als wir in unserem Zimmer sind. Ich hole sie aus der Schreibtischschublade. Wir stellen uns am Fenster auf. Ich starre in das Dunkel gegenüber. Ist er noch da? Und falls er noch an dem Seitenfenster ist, kann er uns sehen? Oder sie?

»Alle bereit?«, flüstert Nini ins Walkie-Talkie.

»Jep«, sagt Alex.

»Bereit«, funkt Ebo.

»Am Start«, sagt Paula leise.

»Okay, auf drei«, weist Nini an. Dann zählt sie ein.

Gleichzeitig leuchten unsere Lampen auf. Nini gibt das Kommando aus kurzen und langen Signalen, und alle morsen synchron. Unsere Lichter spiegeln sich in den dunklen Fenstern gegenüber wie Sterne in einer wolkenlosen Nacht. Das ist beinahe schön.

»Ende«, sagt Nini, als wir den letzten Buchstaben gemorst haben. Das R.

Wir sind hier.

Ich halte die Luft an. Jetzt gilt es. Haben wir das Morsen richtig gedeutet? Versteht der da drüben, was wir ihm mitteilen wollten? Ist er da?

Es bleibt dunkel.

»Er ist nicht da«, sagt Nini.

»Oder er hat es nicht verstanden«, meint Paula.

Na, toll. Meine geniale Idee hat nicht funktioniert.

»Dann können wir ja wohl jetzt endlich ins Bett gehen«, maule ich. Was für ein doofer Abend.

Ich bringe gerade die Lampe zurück zum Schreibtisch, da flüstert Nini: »Nikosch! Da ist er.«

Sofort bin ich zurück am Fenster. Das Licht gegenüber blinkt.

»Nini, Nikosch. Was blinkt er?«, meldet sich Mehtap.

»Kurz, kurz, kurz, kurz«, flüstert Nini. »Pause, kurz.«

In Gedanken lese ich mit. Nach einer Menge an kurzen und langen Zeichen steht das Licht still. Ende.

»Hey, Schildkröte und Co.«, flüstere ich.

»Was?«, fragen Ajas und Filiz gleichzeitig.

»Er hat *Hey, Schildkröte und Co.* geschrieben.«

»Ihr wisst, was das bedeutet?«, sagt Paula.

»Mein Anzug. Und Cillis Funkspruch. Er hat uns belauscht«, beantworte ich ihre Frage.

»Nikosch, Nini. Fragt ihn, was los ist«, sagt Jan.

Ich blinke.

Das Licht gegenüber bleibt aus.

»Mist«, flüstert Nini. »Jetzt ist er weg.«

»Hallo?«, blinke ich. »Bist du noch da?«

Keine Antwort.

»Das war's«, sagt Paula düster.

»Wartet mal«, meldet sich Ajas. »Vielleicht nicht. Vielleicht müssen wir anders fragen.«

»Wie anders?«, fragt Ebo.

»Vielleicht ist das wie bei Sarah«, sagt Ajas. »Wenn sie trotzig ist, kann sie auch nicht sagen, was nicht stimmt. Dann muss man sie austricksen.«

»Aha«, sagt Paula. »Und wie willst du das machen?«

»Keine Ahnung«, gibt Ajas zu.

Einen Moment ist es still. Nur Cillis leises Schnarchen dringt durch das Funkgerät. Ich schwitze in meinem Schildkrötenanzug. Die Ninja-Schildkröten haben solche komischen Probleme sicher nicht. Augenblick!

»Nini.«

Meine Schwester sieht mich an. »Was?«

»Er hat mich Schildkröte genannt.«

»Ich weiß. Und?«

»Was ist, wenn er uns gar nicht belauscht hat?«

»Wie meinst du das?«

»Ich meine, dass er anders auf die Schildkröte gekommen ist.«

Und während ich es sage, rattert ein Film in meinem Kopf los. Es ist einer aus lauter kurzen Begegnungen. In der Schule. Im Park. Auf der Straße. Ich sehe Ninis und Paulas Schulranzen an dem Tag, als wir noch dachten, wir hätten Ferien. Sehe uns am Schultor.

»Martin!«

168

Nini sieht mich nur fragend an. Aber ich blinke schon los. Ich will den Beweis. Und ich weiß auch, wie ich ihn kriegen kann.

Okay, ich bin Schildkröte. Und wer ist die Ballerina?

»Nikosch, Nini! Was macht ihr?«, fragt Paula. Nini übersetzt allen, was ich morse.

»Die Ballerina«, fragt Paula vorsichtig. »Warum willst du das wissen?« Irre ich mich, oder gruselt sie sich ein bisschen?

»Wart's ab«, sage ich.

Das Licht antwortet tatsächlich. *Die Ballerina?* Dann bewegt es sich – und leuchtet auf Paulas Zimmer.

Ich höre Paula nach Luft schnappen.

»Das ist der Beweis«, sage ich.

»Was für ein Beweis? Was passiert da oben bei euch?«, will Ajas wissen.

»Er hat auf Paulas Zimmer geleuchtet«, sagt Nini. »Aber was beweist das?«

»Es beweist, dass das da drüben Martin ist.«

»Martin?« Paula klingt nicht überzeugt. »Der soll da drüben wohnen, und wir haben es die ganze Zeit nicht bemerkt? Niemals.«

»Wer ist Martin?«, flüstert Filiz. Mehtap erklärt es ihr leise.

»Er ist es, jede Wette«, sage ich. »Der da drüben könnte uns beobachtet haben. Okay, mein Anzug sieht ein bisschen nach Schildkröte aus. Aber Paulas Schwimmringe? Was soll denn daran eine Ballerina sein?«

»Aber wie kommt er dann darauf?«, flüstert Paula. Jetzt ist es eindeutig. Sie gruselt sich.

»Er weiß es, weil er es gesehen hat«, sage ich. »Er hat gesehen, dass du Ballett magst, Paula.«

»Aber wie kann das sein? Wir sind doch seit einer Ewigkeit eingesperrt.« Nini schüttelt den Kopf.

Ich blinke: *Ich habe dich enttarnt. Du bist der Clown.*

Die Antwort kommt, wie ich sie erwartet habe.

»Kurz, lang, lang, lang. Kurz, lang«, liest Nini mit. *»Ja.«*

»Was hast du gesagt?«, meldet sich Lena zu Wort. Oh, richtig. Ich habe ganz vergessen zu übersetzen.

»Er ist der Clown«, sage ich.

»Ey, Nikosch«, beschwert Mehtap sich. »Kannst du mal Deutsch sprechen?«

Will heißen, sie versteht kein Wort. Und das kann sie ja auch gar nicht. Im Gegensatz zu Nini und Paula.

»Das ist tatsächlich Martin«, flüstert Nini.

»Wie bist du denn darauf gekommen?«, fragt Ajas.

Ich erkläre es ihm und den anderen. Und weil ihr es euch wahrscheinlich auch fragt, hier, bitte: Martin kann nicht in unsere Zimmer gucken, die liegen zu hoch. Er kann uns nur sehen, wenn wir am Fenster stehen. Also weiß er nichts von meinem Ninja-Poster und auch nichts davon, dass bei Paula eine Ballerina an der Wand hängt. Was er aber sehr

wohl gesehen hat, ist mein T-Shirt mit den Ninja-Schildkröten drauf. Das hatte ich an diesem letzten Tag vor der
Ewigkeit an. Und Paulas Schulrucksack mit der Balletttänzerin, den hat er auch gesehen. Alles klar, so weit?

»Okay, frag ihn noch mal, warum er SOS geblinkt hat«,
sagt Ebo. Diese SOS-Sache macht ihn wirklich unruhig.

Ich frage den Clown.

Wie läuft der Unterricht?, fragt er zurück. Wie, bitte?

Hat Frau Niemann schon Sehnsucht nach mir? Und dann
blinkt er tatsächlich *Ha! Ha! Ha!*

Keine Ahnung, blinke ich. *Warum fehlst du denn?*

Er fängt an, eine Antwort zu schicken, da geht in seinem
Zimmer das Licht an. Das richtige, also das an der Decke.
Ganz ohne zu flackern. Die Taschenlampe erlischt. Und
für einen winzigen Augenblick sehe ich Martin. Er steht
da drüben im Schlafanzug. Mit Ninja-Schildkröten drauf!
Wie cool ist das denn? Gerade will ich was dazu blinken,
aber dann sehe ich sein Gesicht. Und dieses Gesicht ver-
gesse ich nie wieder, das schwöre ich euch. Wenn ihr mal
jemandem erklären müsst, wie es aussieht, wenn man
Angst hat, dann könnt ihr einfach nur *Martin* sagen. Das
reicht. Als ich Martin für diese eine Sekunde ins Gesicht
gucke, da weiß ich, dass ich noch nie wirklich Angst hatte
und auch niemanden kenne, auf den das zutreffen würde.
Die Frau kommt ins Zimmer. Die, die ich schon mal mit
ihm gesehen habe.

»Dann ist die traurige Nachbarin wohl seine Mutter«, wispert Nini.

»Die traurige …«, sage ich. »Oder die wütende.« Ich finde, jetzt sieht sie eindeutig nicht traurig aus. Vielmehr so, wie ich sie im Park gesehen habe.

Martin verschwindet. Wir können ihn nicht mehr sehen. Aber seine Mutter kommt zum Fenster.

»Versteckt euch!«, funke ich schnell.

Nini und ich springen zur Seite. Ich schiebe mich ein kleines Stück vor, um herauszufinden, ob sie uns entdeckt hat. Aber sie hat nur den Vorhang zugezogen. Puh, das war knapp. Eine Weile ist es still.

»Also, wenn ihr mich fragt«, funkt Alex schließlich, »der Typ wollte uns bloß auf den Arm nehmen.«

Nini schüttelt stumm den Kopf. Ich auch.

»Lasst uns ins Bett gehen«, sagt Paula. Auch sie klingt nicht überzeugt von Alex' Theorie. Aber sie hat recht. Mir reicht es. Ich wollte mir mein Jetzt zurückholen, richtig? Das habe ich. Aber für heute Nacht habe ich genug erlebt. Ein winziges bisschen Ewigkeit kann jetzt wirklich nicht schaden.

Der Clown bleibt

Kaum zu glauben, aber es hat wirklich kein einziger Er-wachsener im ganzen Haus bemerkt, was in der Nacht los war.

Als wir uns am nächsten Morgen zum Unterricht im Hof treffen, warte ich darauf, dass irgendjemand fehlt, weil er oder sie vielleicht Ärger bekommen hat. Aber es sind alle da. Und wir haben sogar noch jemanden dazubekommen. Cem und Kerim aus der Nummer 24. Sie haben riesige Schwimmringe um sich. Einen Flamingo und ein Einhorn. Wenn das so weitergeht, können wir einen Zoo für selt-same Kreaturen aufmachen. Aber es ist schön, dass sie dabei sind. Luisa macht noch immer per Video mit. Dieses Mal steht der Laptop von Anfang an aufgeklappt neben Papa.

Der Vormittag vergeht rasend schnell, und nicht nur wir hören Papa und Frau Niemann gerne zu. Alle Fenster zum Hof sind offen, und selbst wenn nicht alle rausgucken, bin ich sicher, dass hinter jedem Fenster jemand sitzt und auch ein bisschen was lernt. Schade nur, dass die Hälfte von uns zur Straße raus wohnt. Kamran und Ralf sind übrigens auch da. Sie sitzen ganz hinten in der Ecke, obwohl sie sicher alles, was wir lernen, schon wissen. Aber sie sind jetzt unsere Freunde. Ja, Grusel-Ralf ist tatsächlich unser Freund. Was eine Nacht ändern kann. Nur Martin taucht wieder nicht auf. Nicht mal als Video.

Warum hat er Angst?, frage ich Nini stumm.

Sie zuckt die Schultern. Und eigentlich kennen wir beide die Antwort. Aber ich kann mir das einfach nicht vorstellen. Man kann doch vor seiner Mutter keine Angst haben. Die Frau blitzt vor meinen Augen auf. Und da ist diese eine Sache. Diese Stelle, an der irgendetwas nicht stimmt. Denn vielleicht kann man vor ihr eben doch Angst haben. Weil ich mir nämlich nicht vorstellen kann, dass sie eine Mutter ist. Keine der Mütter, die ich kenne, ist so ... so hart an den Rändern. Und auch keiner der Väter. Wisst ihr, was ich meine? Die Ränder von den Eltern, die ich kenne, bewegen sich immer. Ihre Ränder verschwimmen mit denen von uns Kindern. Ihr fragt euch vielleicht, ob die Ewigkeit einen Schaden bei mir hinterlassen hat, weil ich von Menschen mit Rändern fasele. Hat sie nicht. Ihr müsst nur mal genau hingucken, dann seht ihr, dass ich recht habe. Überhaupt haben viele Menschen im Kaninchenbau so weiche Ränder. Nicht mal bei Herrn Lehnhardt sind die überall hart. Der einzige Mensch mit durchgehend harten Rändern, den ich kenne ist Herr Friedrich. Hart und scharf, so dass man sich an ihnen schneidet, wenn man ihnen zu nahe kommt.

»Gnoppfermpammp!«, platzt auf einmal genau der in meine Gedanken.

Papa, der uns gerade etwas über Wale und Delfine erzählt, weil heute außer Englisch auch Bio auf dem Stundenplan steht, bricht mitten im Satz ab und guckt erstaunt nach hinten. Auch wir drehen uns alle um.

Herr Friedrich steht in der geöffneten Hoftür und sieht uns mit hochrotem Kopf an. »Ihr Pfikrenpfleutrn! Amme!« Er dreht sich um, wobei er wild mit den Armen fuchtelt, und verschwindet. Kurz darauf hören wir die Haustür zufallen und platzen beinahe vor Lachen. Aber Papa lacht nicht. Er guckt Herrn Friedrich besorgt nach.

»Hat er das schon öfter zu euch gesagt?«, fragt er, als wir uns wieder beruhigt haben.

»Was denn?«, ruft Jan. »Ihr Pfikrenpfleutrn?«

Wieder lachen wir, bis wir uns die Bäuche halten müssen. Papa runzelt die Stirn.

»Das seid ihr nicht. Das wisst ihr, ja? Ihr seid keine Virenschleudern. An euch liegt es nicht, dass es diese Krankheit gibt.«

Also ehrlich. Das ist aber nett von Papa, dass er sich darüber Gedanken macht. Selbst wenn ich Herrn Friedrich verstanden hätte, das ist doch total klar, dass diese ganze Sache nichts mit mir zu tun hat. Und auch nicht mit Ebo, Jan, Ajas oder irgendeinem der anderen.

Nach der Schule bleiben wir noch eine Weile im Treppenhaus. Raus auf die Straße dürfen wir immer noch nicht, hat Papa entschieden. Und auch nicht alle zusammen zu einem von uns. Das würde sowieso nicht gehen, wir würden gar nicht alle in eine Wohnung passen. Als Papa weg ist, hole ich das Walkie-Talkie heraus. Obwohl ein paar Wohnungstüren offen sind, funken wir Cilli an. Sie wartet sicher schon sehnsüchtig auf uns.

»Nikosch an Cilli, Nikosch an Cilli, bitte kommen«, sage ich. Es knackt. Ja, sie hat schon gewartet.

»Cilli hört. Wo wart ihr denn gestern auf einmal alle?«, fragt sie vorwurfsvoll. Wir grinsen uns an. Dass es Cilli war, die auf einmal weg war in ihrem Traumland, sagen wir nicht. Stattdessen erzählen wir ihr alles, was noch passiert ist. Cilli ist sehr zufrieden. Nur die Sache mit Martin macht ihr genauso Sorgen wie uns.

»Wir behalten ihn im Auge«, sage ich, um sie zu beruhigen. Aber das beruhigt mich auch selbst. Ich kenne Martin gar nicht, aber irgendwas in mir weiß, dass er mein Freund ist. Und Freunden hilft man, richtig? Was mich dazu bringt, dass auch unsere beiden anderen neuen Freunde Hilfe brauchen.

»Cilli«, frage ich ins Funkgerät. »Seit wann weißt du, was Kamran und Ralf da drüben auf der Baustelle tun?«

»Ach, die beiden«, kichert Cilli. »Das geht schon eine ganze Weile so. Zuerst haben sie ja nur in meinem Wohnzimmer gewerkelt. Ja, ja, in meinem Wohnzimmer.« Sie schweigt. Das leise Rauschen aus dem Walkie-Talkie wird nur von einem Knarzen unterbrochen. *Das* Knarzen.

»Cilli?«, fragt Nini. »Was ist das für ein Geräusch?«

»Das?« Cilli klingt, als wäre sie in Gedanken weit weg gewesen. »Das ist mein Schaukelstuhl. Wenn ihr ihn nur sehen könntet!«

»Ein Schaukelstuhl?« Paula klingt skeptisch. Ich weiß, was sie denkt.

»Haben Kamran und Ralf ihn dir gebaut?«, frage ich.

Cilli kichert. Sie klingt dann immer wie ein junges Mädchen.

»Das haben sie. Als Dankeschön. Und jetzt kann ich immer ganz bequem am Fenster sitzen und zusehen, was so geschieht in der Welt.«

»Dann hast du ihnen all das Holz gekauft? Du bist der Spender?«

»Ich? Nein, natürlich nicht!«, sagt Cilli, als wäre das die normalste Sache der Welt. »Aber der, der es war, hat damit wirklich etwas Tolles getan.«

»Du weißt, wer es ist?«, fragt Paula.

»Natürlich.« Wieder kichert Cilli.

»Und wer ist es?«, rufe ich. »Warum wollten Ralf und Kamran es uns nicht sagen? Ist er berühmt? Ein Filmstar? Ein ...?«

»Ach, Nikosch. Du und deine Phantasie. Nein, nein. Er ist nichts von alldem.«

»Aber warum halten sie es denn dann geheim?«

»Wie könnten sie euch denn etwas sagen, was sie selbst nicht wissen?«, fragt Cilli geheimnisvoll.

»Und warum dürfen sie es nicht wissen?«, erkundigt sich Nini.

»Der Spender möchte anonym bleiben«, orakelt Cilli. »Inkognito, ihr versteht?«

»Inkognito?« Das bedeutet unerkannt. Was ungefähr dasselbe ist wie anonym. Aber das ist schon sehr mysteriös, oder?

»Wo haben sie das Holz denn gefunden?«, hake ich nach. So leicht lasse ich mich da jetzt nicht abspeisen.

»Na, im Keller, haben sie euch das nicht erzählt?«

»Im Keller? Da waren sie aber nur in deinem Abteil unterwegs.«

»Wisst ihr das genau?«, fragt Cilli. »So. Jetzt aber Schluss damit. Ich habe zu tun. Cilli *over and out.*«

Cilli hat zu tun? Das ist interessant. Oder es ist eine Ausrede. Erzählt sie uns das alles nur, um von sich abzulenken? Ist in Wahrheit doch sie es, die das ganze Holz beschafft hat? Aber wie sollte sie das tun? Und von welchem Geld? Es sei denn, sie *hat* Geld. Aber dann würde sie nicht im Kaninchenbau wohnen, oder? Oder muss sie das, weil in Wahrheit sie inkognito ist? Dann wäre es also doch wahr. Cilli ist Agentin. Laute Stimmen platzen in meine Gedanken. Herr und Frau Lehnhardt. Wir alle gucken zu Jan, aber der sieht zu Boden. Dafür steht Lena auf. »Ich gehe sie beruhigen«, sagt sie traurig.

»Sollen wir mitkommen?«, fragt Nini und steht schon auf.

Lena schüttelt den Kopf. »Lieber nicht.«

Wir lassen sie alleine gehen. Aber kaum ist sie in der Wohnung verschwunden, dreht Nini sich zu uns um.

»Das geht so nicht weiter«, sagt sie. »Wir haben Papa geholfen. Jetzt müssen wir allen anderen Eltern helfen.«

»Hast du eine Idee?«, fragt Paula.

»Vielleicht«, sagt Nini. »Lasst uns mal sehen, was es ist, das jeder am dringendsten braucht.«

Wir tragen die Sachen zusammen. Da kommt eine ganz schön lange Liste heraus. Jans Vater braucht schnell einen anderen Job, weil sonst das Geld nicht reicht. Ajas' Eltern müssten weniger arbeiten, um nicht mehr so müde zu sein, aber das können sie nicht, weil auch bei ihnen sonst das Geld nicht reicht. Sie und auch die Abioyes brauchen den Tafelladen, vor allem weil Ebo und Ajas nicht mehr in der Schule essen können. Die Abioyes brauchen außerdem mehr Platz. Bei Ebo wohnen auch noch seine Großeltern, das sind echt zu viele Leute auf einem Haufen. Auch Mama und Natti brauchen mehr Zeit und weniger Arbeit, Papa könnte übrigens noch mehr arbeiten, damit er nachmittags nicht auf dumme Ideen kommt. Die Eltern von Sevi und Leo sind einsam, weil sie ihre Verwandten nicht mehr sehen können, bei Alex ist es ähnlich, aber seine Eltern haben aufgehört, überhaupt miteinander zu reden. Von Siggi und Gerlinde erzählt Ajas, dass sie ihre Tochter ganz schrecklich vermissen. Von den anderen im Haus wissen wir nichts. Und was ist mit den anderen Häusern? Wenn es bei uns so ist, dann sieht es da bestimmt nicht besser aus.

»Gut«, sagt Paula. »Dann wissen wir jetzt, dass eigentlich alle kein Geld haben, zu viel oder zu wenig Arbeit und zu viele oder zu wenige Leute sehen. Und was machen wir damit?«

Ich habe keine Ahnung. Die anderen wohl auch nicht. Niemand sagt was, bis das Walkie-Talkie knackt und Cilli sich zu Wort meldet.

»Alarm«, sagt sie. »Der Clown kommt raus.«

Fast gleichzeitig springen wir auf. Wir rennen zur Tür und drängeln uns vor deren Fenstern, aber weil wir alle so viel Platz brauchen, kann keiner von uns so richtig was sehen.

»Was macht er?«, fragt Nini darum.

»Er steht in der Tür«, sagt Cilli. »Und sieht zu euch rüber.«

Ich schubse die anderen zur Seite und öffne die Tür. Das bedeutet ja nicht, dass ich auf der Straße bin, richtig?

Als Martin mich sieht, guckt er sich um. Dann hebt er ganz langsam und auch nur ein kleines Stück die Hand und winkt. Ich winke auch. Ich höre einen Ruf. War das seine Mutter? Wohl schon, denn Martin zuckt zusammen und macht schnell einen Schritt zurück in den Hausflur. Aber ich bin schneller. Also, mein Gehirn. So richtig weiß ich nämlich nicht, was ich tue, als ich Ebo sein Babyfon aus der Hand reiße und loslaufe. Ich renne. Ich renne, ohne mich umzusehen. Ich renne, ohne zu überlegen. Ich renne einfach, weil es die einzige Möglichkeit ist. Als ich drüben bin, schließt Martin schon die Tür. Ich renne mit Ninja-Überschallgeschwindigkeit, und bestimmt sende ich auch irgendwelche Gedankenwellen oder so. Anders ist es nicht zu erklären, dass Martin im letzten Moment, bevor er die Tür schließt, seine Hand durch den Spalt schiebt. Im Flur höre ich Schritte. Seine Mutter kommt. Blitzschnell drücke ich ihm das Babyfon in die Hand. Die Schritte haben uns fast erreicht.

»Kanal 1«, flüstere ich. Martin zieht die Hand zurück, und dann ist die Tür zu. Ich stehe und atme. Atme und stehe. Schafft er es, das Babyfon geheim zu halten? Hinter der Tür höre ich die Frau schimpfen. Dann gibt es ein Geräusch, das mein Gehirn nicht erkennen will. Ich weiß genau, was es war, aber mein Gehirn schiebt sofort was darüber. So eine Art Nebel, durch den ich nur noch erkennen kann, dass ich hier weg sollte. Als ich mich umdrehe, sehe ich Cilli oben an ihrem Fenster. Sie nickt mir zu. Ich gucke zur Kaninchenbautür. Da steht Nini, hinter ihr die anderen. So müssen Kaninchen aussehen, die einem Fuchs ins Auge blicken.

Ich flitze über die Straße und schiebe Nini zur Seite, um ins Haus zu kommen. Sie rührt sich kaum.

»Was ist?«, frage ich. »Du kannst aufhören, so zu gucken. Ich bin ja wieder hier.«

Aber Nini schüttelt den Kopf. Sie legt den Finger an die Lippen und zeigt dann auf das Funkgerät in Paulas Hand.

Ich lausche. Außer einem Knacken und dem leisen Knarzen von Cillis Schaukelstuhl ist da nichts. Oder doch? Ich könnte es nicht sicher sagen. Aber weint da jemand?

»Martin?«, frage ich Nini lautlos. Sie nickt.

Der Clown weint. Ich will etwas sagen. Ihn anfunken. Aber vielleicht ist seine Mutter noch da.

Ich weiß nicht, wie lange wir stumm im Flur stehen, bis das Weinen aufhört. Dann knackt es.

»Hallo?«, fragt Martin leise. Sehr leise.

»Wir sind da«, funke ich ebenso leise zurück.

»Ihr …«, beginnt Martin. »Habt ihr es gehört?«

»Ja«, sage ich. »Du hast geweint. Das ist nicht schlimm.«

»Nein, das andere«, sagt Martin.

Wovon spricht er? Ich gucke Nini an. Sie nickt und nimmt das Funkgerät.

»Hier ist Nini, äh … der Schmetterling«, sagt sie. »Ja, wir haben es gehört.«

»Das meint sie nicht so«, sagt Martin. »Sie will es nicht. Es passiert einfach. Das ist alles zu viel für sie. Das Drinsein, die viele Arbeit, ich.«

In diesem Moment wünsche ich mir, dass es die Funkgeräte und die Babyfone nie gegeben hätte. Dass wir das Licht nie gesehen und auch nicht verstanden hätten, dass es eine Botschaft für uns ist. Ich wünsche mir, dass ich das Geräusch eben nicht gehört hätte und ganz tief in mir drin nicht wüsste, was es bedeutet. Und ich wünsche mir, dass ich es sein könnte, der ein SOS in die Nacht blinkt, damit alles einfach so wird, wie es war. Leider ist das hier kein Märchen. Es wartet keine gute Fee um die Ecke, die mir all diese Wünsche mit einem Augenzwinkern erfüllt.

»Aber sie darf das nicht«, sage ich. Nein, Martins Mutter darf das nicht. Eltern dürfen sich streiten. Sie dürfen die Nase voll haben, zu wenig Platz haben, keine Arbeit oder zu viel Arbeit haben. Sie dürfen all das schwer finden. Aber sie dürfen es nicht an den Kindern auslassen. Sie dürfen niemanden schlagen. Sie dürfen uns nicht schlagen. Denn das war es, was ich gehört habe. Das ist es, was ich geahnt habe, als ich Martins blauen Fleck und seine Durchsichtigkeit gesehen habe. Aber mein Gehirn war zu clever für mich und hat es versteckt.

Ich weiß, wir müssten was tun. Genau jetzt. Aber was? Es ist das erste Mal in meinem ganzen Leben, dass ich keine Idee habe, und wäre sie auch noch so bescheuert. Mein Kopf ist einfach nur leer. Nini und allen anderen geht es genauso. Da stehen wir und wissen nicht weiter. Und plötzlich kommt doch so eine Art gute Fee.

»Martin?« Cillis Stimme legt sich um mich wie eine warme Winterjacke. »Martin, hier spricht Cilli Kirchner. Ich wohne im zweiten Stock. Wenn du ans Fenster kommst, siehst du mich.«

Wir hören ein paar Geräusche.

»Ich sehe Sie«, sagt Martin leise. »Ich kenne Sie. Sie sitzen immer dort.«

»Hallo«, sagt Cilli warm und weich. »Martin, ich verspreche dir, wir werden uns darum kümmern. Du musst keine Angst haben. Deiner Mutter wird niemand etwas tun. Aber sie braucht Hilfe.«

»Und du auch«, sage ich, aber ich habe die Sprechtaste nicht gedrückt.

Martin schweigt. Dann flüstert er, noch leiser als vorher. »Versprechen Sie mir was?«

»Natürlich«, sagt Cilli.

»Ich will hierbleiben«, wispert Martin.

Cilli sagt nichts. Das kann sie auch nicht. Sie ist erwachsen. Ich verstehe nicht genau, was das ist. Aber Erwachsene sind so oft in den allerwichtigsten Momenten still.

Irgendjemand muss aber was sagen. Ich drücke die Sprechtaste.

»Schildkröte an Clown«, sage ich. »Natürlich bleibst du hier.« Ich weiß nicht, wie ich dieses Versprechen halten soll. So was kann ich doch gar nicht entscheiden. Aber ich werde es tun. Ich gucke die anderen an. Einen nach dem anderen.

»Natürlich bleibst du hier«, sagt Nini.

»Klar, was denn sonst?«, fragt Paula.

»Logisch!«, ruft Jan.

So stimmt einer nach dem anderen zu und dann rufen wir zusammen: »Der Clown bleibt!«

Ein Leben mit Kaninchen

»Ihk pfon pfieder!« Am nächsten Nachmittag steht Herr Friedrich an der Haustür und guckt uns an, als wären wir giftig. »Immpr pfeitihrta!«

»Ja, Herr Friedrich«, sagt Nini und reißt einen Klebestreifen von der Rolle ab. »Immer sind wir da.«

Wow, sie hat ihn verstanden? Auch Herr Friedrich scheint sich darüber zu wundern. Er starrt Nini an. Obwohl ... nein, er starrt nicht sie an. Er guckt auf den Zettel, den sie aufhängt.

»Wapfipffaff?«, schnauzt er.

»Das, Herr Friedrich«, Nini lächelt ihn zuckersüß an, »ist die Kaninchenhilfe.«

Herr Friedrich runzelt die Stirn. »Pie Faff?«

»Die Kaninchenhilfe.« Nini klebt den Zettel mit einem zweiten Klebestreifen fest. »Sehen Sie? Hier können Sie Ihren Namen eintragen. Und in der Spalte daneben dürfen Sie sagen, was Ihnen fehlt. Und hier schreiben Sie rein, was Sie geben können.«

»Wapipf keben pgnann?« Herr Friedrich macht große

Augen hinter seiner Taucherbrille. Vermutlich hat er noch nie davon gehört, dass man auch etwas geben kann.

»Ja. Sehen Sie, und dann haben wir hier den Eimer.« Nini lächelt einfach immer weiter und nimmt mir den Putzeimer ab, den ich gerade an einem Seil befestigt habe.

»Diesen Eimer können Sie an der Schnur einfach bis zu sich nach oben ziehen. Bis vor Ihre Wohnungstür. Dort können Sie alles hineinlegen, was Sie geben möchten. Und andere legen das hinein, was Sie brauchen. Verstehen Sie?«

Herr Friedrich nickt langsam. Ob er wirklich verstanden hat? Ich bin nicht sicher. Jedenfalls scheint er noch nicht zu verstehen, wie genial unsere neue Eimerpost ist. Es ist nicht einfach nur ein Eimer, der an einem Seil hängt und von unten nach oben gezogen werden kann. Kamran und Ralf haben mit uns zusammen einen Seilzug am Treppengeländer entlang gebaut. So kann der Eimer nicht nur von Stockwerk zu Stockwerk gezogen werden. Er kann auch genau vor der Wohnung anhalten, zu der das, was damit transportiert wird, soll.

Und ich sage euch was, das wird garantiert der Renner. Nicht, dass damit alle Probleme gelöst wären. Arbeit und Sehnsucht kann man ja nicht in einem Eimer transportieren. Aber Vickys Kuchen zum Beispiel, den sie früher immer überall vorbeigebracht hat. Oder Dinge, die man den anderen vom Einkaufen mitbringt. Oder was einem eben so einfällt.

Herr Friedrich steht noch immer da und starrt auf die Liste. Und dann passiert etwas Unglaubliches. Er fummelt einen Stift aus den Tiefen seiner Verkleidung und trägt tatsächlich etwas ein. Nini und ich werfen uns einen Blick zu. Wir halten den Atem an und versuchen, nicht aufzufallen, damit Herr Friedrich es sich nicht anders überlegt. Macht er nicht. Als er fertig geschrieben hat, geht er schnurstracks die Treppe hinauf und verschwindet in seiner Wohnung.

Nini und ich wenden uns gleichzeitig der Liste zu.

Name: Nikolai Friedrich. Er heißt wie ich? Na, so was!

Was ich brauche:

Die Stelle ist frei. Dabei bin ich mir sicher, dass Herr Friedrich was braucht. Humor zum Beispiel oder Nettigkeit, aber die kann man genauso schlecht in einem Eimer transportieren wie Sehnsucht oder Arbeit.

Was ich habe: Zeit.

Ja, gut. Das haben hier einige. Aber immerhin hat er sich eingetragen, oder? Wir wollen mal sehen, was wir damit anfangen können. Es wird sich sicher auch für Herrn Friedrich was ergeben.

Nini grinst unter ihrem Helm. »Das ist ein Ding, was?«

»Und wie!«, antworte ich.

»Wir müssen los«, sagt Nini. »Komm.«

Wir gehen durch den Flur und treten auf die Straße. Es fühlt sich seltsam an, mitten am Tag hier draußen zu sein und das auch zu dürfen. Papa und Mama haben es uns erlaubt.

»Cilli, bist du da?«, frage ich in eines unserer Funkgeräte.

»Cilli auf Position«, sagt Cilli. Ich drehe mich um und gucke nach oben. Im Gegensatz zu sonst hat sie das Fenster geöffnet. Ich sehe die anderen an. Sie haben schon auf Nini und mich gewartet.

»Los geht's?«, frage ich.

»Los geht's«, kriege ich vielstimmig zur Antwort. Wir machen uns auf den Weg über die Straße, eine lustige Parade sind wir in unseren Anzügen. Lustig zumute ist uns allerdings nicht.

Vor der Nummer 3 bleiben die anderen auf dem Gehweg stehen. Nini, Paula und ich gehen zur Tür. Martin wartet schon auf uns. Er kennt den Plan. Und er hat auch gehört, dass wir losgegangen sind. Das war wichtig, damit er bereit ist.

Ich hole Luft und zähle leise bis drei. Dann drücke ich auf die Klingel. Sie macht eine schöne Melodie aus vielen Tönen. Sonst passiert nichts. Wir warten. Als immer noch nichts passiert, probiere ich es noch mal. Und noch mal. Erst beim vierten Mal höre ich Schritte.

»Wer ist da?«, ruft Martins Mutter durch die geschlossene Tür.

»Hallo, Frau …« Wie heißt Martin mit Nachnamen?

»Scherz«, flüstert Paula und zeigt auf das Klingelschild.

»Frau Scherz, wir sind's«, rufe ich. »Nikolai, Nina und Paula von gegenüber.«

Frau Scherz ist still. Kann ich sie atmen hören? Oder ist das Martin am Funkgerät. Martin Scherz. Ein guter Name für einen Clown. Ob Frau Scherz weiß, wie lustig ihr Sohn sein kann?

»Frau Scherz?«, sagt Nini. »Wir wollten fragen ...«

Die Tür geht auf. Martin erscheint darin. Seine Mutter steht ein Stück hinter ihm im Flur, einen Laptop in der Hand, ein Handy am Ohr, und guckt uns an. Es ist eine seltsame Mischung in ihrem Gesicht. Da ist so was wie Misstrauen. Und dann ist da Stress. Das kenne ich von Mama und Papa, wenn sie morgens nicht rechtzeitig loskommen – in einer normalen Zeit. Und sie sieht wütend aus. Und traurig, da hatte Nini recht. Und unglücklich. Ja, vor allem sieht sie unglücklich aus, als sie jetzt mit Martin redet.

»Aber wehe, du gehst da drüben in das Haus. Und komm ihnen nicht zu nahe.«

Sie sieht uns an. Dieses Mal ist es eindeutig – sie findet uns schrecklich. Nicht unsere Anzüge. Uns. Und das hat sicher nichts mit der Krankheit zu tun.

»Kommst du?«, sagt Nini, und Martin kommt.

»Tschüs«, sagt er. Seine Mutter antwortet nicht.

Martin zögert bei jedem Schritt, als wäre Kleister unter seinen Schuhen, der ihn am Boden nah bei seinem Haus festhält. Oder bei seiner Mutter. Jedenfalls wird der Kleister mit jedem Schritt, den er von ihr weg macht, weniger.

Er dreht sich noch mal um, als wir den Gehweg erreicht

haben. Aber da hat sie die Tür schon zugemacht. Schnell zieht Martin eine zusammengefaltete Clownsmaske unter dem Pulli hervor und stülpt sie über. Es ist einer von diesen weißen Clowns, die immer so ernst sind. Ausgerechnet.

Wir gehen die Straße entlang Richtung Baustelle. Cilli sitzt oben am Fenster und winkt uns zu. Und als ich zu unserem Fenster raufgucke, steht da Mama. Ich stoße Nini an. Als wir beide zu ihr raufsehen, lächelt Mama und winkt. Sie ist heute zu Hause. Jetzt kommt nämlich das, was Martin nicht weiß. Jetzt kümmert unsere Mama sich um seine Mutter. Denn wenn wir bisher auch alles alleine hinbekommen haben, das mit Martin ist eine Sache, die ist anders. Also hat gestern im Kaninchenbau der größte Kaninchenrat getagt, den wir je hatten. Eigentlich war es sogar der erste dieser Art. Weil sich sonst nie alle auf einmal unterhalten, sondern die Dinge von einem Stockwerk zum anderen getratscht werden. Aber gestern Abend, da haben alle auf einmal geredet. Über die Walkie-Talkies. Und die Babyfone. Und Cilli hatte den Vorsitz.

Und jetzt macht Mama den ersten Schritt. So haben sie es genannt. Den ersten Schritt machen. Irgendwer war auch dafür, der Polizei Bescheid zu geben. Aber die meisten haben gesagt, dass das nicht der erste Schritt wäre. Sondern dass man erst mal mit Martins Mutter reden müsste. Weil in so was Mama am allerbesten ist, haben wir einstimmig beschlossen, dass sie das tun soll. Und wer weiß, vielleicht schmeckt Vickys Kuchen, den sie extra für heute gebacken hat, ja auch Frau Scherz. Und vielleicht lässt sie Mama ja sogar rein.

Bevor wir auf die Baustelle abbiegen, sehe ich mich noch einmal um. Mama kommt gerade aus der Haustür.

»Wohin gehen wir?«, will Martin wissen.

»Wart's ab«, sage ich geheimnisvoll. Denn wir haben was wirklich Tolles vor.

Martin guckt ein bisschen komisch, als wir um die Ecke biegen und an der Baugrube entlanggehen. Immer wieder dreht er sich um, aber seine Mutter steht nicht an einem der Fenster auf der Rückseite. Wir sind unbeobachtet.

»Was habt ihr da eigentlich neulich gemacht, als ihr alle auf der Baustelle wart?«

Ach was! Das ist ja wohl nicht wahr!

»Dann warst du das? Ich wusste doch, dass uns jemand beobachtet!«

»Jup.« Martin grinst. »Ich habe gleich gewusst, dass ihr gegenüber wohnt.« Er hört auf zu grinsen. »Und ihr habt mich gar nicht gesehen.«

»Haben wir wohl!«, verteidigt sich Nini. »Immer auf der Straße. Aber du bist jedes Mal so schnell verschwunden.«

Martin nickt leicht. »Darin bin ich gut.«

Ich knuffe ihn mit dem Ellbogen. »Wie praktisch. Sobald alles wieder normal ist, brauchen wir dich in unserem Team.«

Wir haben die Baugrube erreicht und gehen über die Rampe nach unten.

»Kuchenlieferung!«, ruft Paula. Vicky hat mehr als genug gebacken.

Kamran und Ralf sind gerade dabei, ein Labyrinth aus allen möglichen Holztieren aufzubauen. Sie lassen sofort alles stehen und liegen, wischen sich die Hände an den blauen Arbeitshosen ab und stürzen sich auf das Kuchentablett, das Paula auf dem Weltallschreibtisch abgestellt hat.

»Lecker!«, mampft Kamran. »Paula, deine Mutter macht echt den besten Kuchen der Welt!«

»Was ist das hier?« Martin interessiert sich nicht für den Kuchen, was echt ein Fehler ist. Wenn er sich nicht beeilt, ist bald nichts mehr davon übrig. Aber Martin muss ja auch erst noch lernen, wie es ist, sein Leben mit Kaninchen zu teilen. Jetzt jedenfalls interessiert er sich mehr für die aus Holz als für die echten. Kamran und Ralf haben sie auf einem langen Tisch aufgestellt. Große und kleine Kaninchen, dicke und dünne, wuschelige und glatte, alte und junge, dunkle und helle. Und eines von ihnen hat eine Tauscherbrille mit Schnorchel auf. Aber auch wenn es das Friedrich-Kaninchen nicht gäbe, wüssten wir alle, wer hier wer ist. Sie sind uns zum Verwechseln ähnlich. Das scheint auch Martin gerade verstanden zu haben. Er hebt ein Kaninchen hoch und dreht sich zu mir um.

194

»Hey, Schildkröte! Das bist ja du!«

Stimmt. Das bin ich, eindeutig zu erkennen an dem Kugelbauch, der kaputten Brille – he!, haben sie die heute erst geschnitzt? – und vielleicht auch ein bisschen an meinem Schielen. Was? Davon habe ich euch gar nicht erzählt? Na ja, war euch doch auch egal, oder? Aber jetzt, da wir davon reden: ja, okay. Ich schiele, wenn ich keine Brille trage. Na und?

»Werdet ihr mit allem rechtzeitig fertig?«, erkundige ich mich bei Ralf.

Heute Abend wollen er und Kamran endlich allen die Wahrheit sagen. Wie das geht, wo wir uns doch nicht treffen können? Wartet es ab. Das ist eine Überraschung.

»Klar werden wir fertig. Wenn wir nicht mehr länger rumstehen und uns die Bäuche vollschlagen.« Ralf stupst Kamran. Die beiden sind richtig dicke Freunde geworden.

»Alles klar, dann mal ran an die Möbel.«

Wir packen alle mit an und schleppen Stühle, Tische, Hocker, Weltkugeln, Spielzeug und und und herum, bis Kamran und Ralf endlich zufrieden sind. Das dauert fast den ganzen Nachmittag. Als wir fertig sind, machen wir uns auf den Heimweg. Wir müssen noch was zu Cilli bringen. Außerdem will ich wissen, was sich auf Ninis Liste bei der Eimerpost getan hat.

Oh, eine Menge, wie wir feststellen. Die Liste ist fast voll. Ich fliege mit den Augen darüber. Fast alle haben irgendwas eingetragen. An die leere Stelle bei Herrn Friedrich hat jemand in einer anderen Handschrift geschrieben: *nette Gesellschaft.* Und ich weiß auch, wer das war. Mama. Ich sehe mich nach dem Eimer um, aber der saust gerade nach oben. Im vierten Stock macht er halt. Ich gucke auf die Liste. Steins brauchen Klopapier. Aha, dann haben sie das wohl von irgendwem bekommen. Wer welches hat, steht allerdings nicht da. Dafür entdecke ich noch etwas. Mama hat nicht nur die leere Stelle bei Herrn Friedrich ergänzt. Sie hat auch selbst etwas aufgeschrieben.

Was ich brauche: eine Pause.

Was ich habe: eine Stelle zur Vertretung.

Da wird sich Papa aber freuen! Und vielleicht ist Mamas Stelle ja erst mal was für Herrn Lehnhardt, bis er das Restaurant wieder öffnen darf? Ich weiß nicht, ob der gut im Putzen ist. Aber fragen können wir ihn ja mal.

Erst als ich mich wieder zu den anderen umdrehe, fällt mir auf, dass Martin mitten unter uns im Flur steht. Er guckt sich neugierig um.

»Willkommen im Kaninchenbau!«, sage ich zu ihm. Er nickt, und ich würde zu gerne unter seine Maske gucken. Ich zeige auf Ninis Liste.

»Willst du auch was draufschreiben?«

Martin betrachtet die Liste. Dann nimmt er den Stift, den ich ihm hinhalte.

13 Wochen Sonntag

13 Wochen sind vergangen, seit unser Flug durch die Ewigkeit begonnen hat. Das weiß ich, weil Cilli es gesagt hat. Sie hat eine Strichliste auf der Armlehne ihres Schaukelstuhls angelegt. Aus zwei Wochen Ferien sind echt 13 Wochen geworden, in denen ich dachte, ich sterbe vor Langeweile und wegen Papa. Aber es sind auch 13 Wochen, in denen so viel passiert ist, dass ich gar nicht mehr hinterherkomme. Ich glaube, das Jetzt war irgendwie immer da. Ich habe es bloß nicht mehr richtig gesehen.

Und obwohl heute Samstag ist, habe ich ein richtiges Sonntagsgefühl, als wir auf dem Bürgersteig sitzen und zugucken, wie Ralf und Kamran allen ihre Schätze zeigen. Es sind ganz viele Leute gekommen. Aber niemand ist wirklich hier.

Ralf und Kamran haben sich nämlich was richtig Tolles einfallen lassen. Bei Cilli auf dem Fensterbrett steht ein Beamer, den wir ihr vorhin gebracht haben. Wir wollten ihr über das Babyfon sagen, was sie damit machen muss, aber Cilli hat uns gar nicht zu Wort kommen lassen.

»Papperlapapp. Denkt ihr immer noch, ich kenne mich mit so ein bisschen Technik nicht aus? Das war früher meine leichteste Übung.«

»Früher?«, habe ich sofort gefragt. »Was hast du denn früher noch so alles gemacht?«

»Ach, olle Kamellen«, hat Cilli gesagt. Damit war das Gespräch beendet. Aber ich habe wieder einen Beweis. Garantiert! Cilli war Agentin.

Den Beamer jedenfalls hat Exagentin Cilli auf die Hauswand des neuen Weißen Lochs gerichtet. Verbunden ist er mit Ralfs Laptop. Und der steht in der Baugrube. Eine Kamera filmt Ralf und Kamran.

Übers Internet sind ganz viele Leute zugeschaltet, und der Kaninchenbau hängt an den Fenstern, um dem Kino zuzugucken. Wer nicht nach vorne raus wohnt, hat sich wie wir auf die Straße gesetzt. Mit ganz viel Abstand, versteht sich. Den wenigsten Abstand halten Oma und Opa. Sie haben sich mit ihren Plastikstühlen so nah wie möglich zu uns gesetzt und strahlen um die Wette. Ich glaube, sie waren auch ein bisschen ewig.

Ich freue mich, sie alle zu sehen. Und dass alle gesund sind. Darauf kommt es an, oder?

»Das schielende Kaninchen zum Ersten!«, ruft Kamran.

»Das schielende Kaninchen zum …!«

Ein Mann im Computer meldet sich. Er hat schon einen Fuchs, eine Ente und einen Raben gekauft. Der ist wohl in

Kauflaune. Ein bisschen schade ist es aber doch. Ich hätte das Kaninchen gerne behalten. Aber alles, was Ralf und Kamran heute Abend verkaufen, kriegen die, die gerade echt Sorgen haben, weil der Supermarkt zu teuer oder der Job weg ist. Bevor sie die Leute im Internet dazugeschaltet haben, haben Ralf und Kamran den Erwachsenen gesagt, was los ist. Und wisst ihr was? Banu und Malik waren gar nicht so sauer, wie Kamran gedacht hat. Sie hatten schon länger den Verdacht, dass da irgendwas im Busch ist. Sie wussten nur nicht, was. Und allen anderen ist es eigentlich auch egal, ob sie in Zukunft mit Kamran oder mit Ralf ihre Briefe lesen. Nur das Problem, dass Kamran und Ralf geschummelt haben, und das mit Kamrans Abi, das müssen sie noch irgendwie lösen. Kamran und Ralf haben auch allen erzählt, dass Cilli mit ihnen unter einer Decke steckte. Und dass sie das Holz im Keller gefunden und einfach genommen haben. Ich kann euch sagen, da ging ein ganz schönes Rätselraten los, wem das wohl gehört. Aber niemand kann sich das erklären.

Ein Möbelstück von Ralf und Kamran hat übrigens schon einen neuen Platz. Der Weltallschreibtisch. Also demnächst. Vorher müssen Kamran und Ralf nämlich erst alles bei uns reparieren, was Papa kaputt gemacht hat. Aber danach kommt der Tisch zu uns. Ich wette, daran können wir dann noch viel besser Hausaufgaben machen. Okay … Nini. Nini wird daran besser Hausaufgaben machen.

Und jetzt sitzen wir hier. Es ist noch lange nicht alles gut. Aber ich weiß auch gar nicht, ob es das vorher war. Und ob es das überhaupt sein muss. Ich weiß nur, dass wir Kaninchen unverwüstlich sind. Und nicht nur wir. Natti hat Recht. Wir müssen zusammenhalten. Dann ist alles nicht so schlimm.

»Schade, dass dein Kaninchen gerade über den Ladentisch geht, Schildkröte«, flüstert Martin.

Ja, ihr habt richtig gelesen. Martin ist noch immer bei uns. Das haben wir Mama zu verdanken. Keine Ahnung, wie sie das hingekriegt hat. Aber Martin darf erst mal bei uns bleiben. Für ein paar Nächte. Seine Mutter hat wohl auch wahnsinnig viel Arbeit, hat er erklärt. Und das sei der Grund dafür, dass sie so ist. Das und noch ein bisschen mehr. Was genau, wusste Martin auch nicht sicher. Nur dass es da ist.

Früher hätte ich das mit der Arbeit nicht geglaubt. Aber, seit die Ewigkeit wie ein Mikroskop auch im Kaninchenbau ein paar Sachen besser sichtbar gemacht hat, weiß ich, dass so was passieren kann. Bei uns hat niemand jemanden geschlagen. Aber hätten wir nicht die Ewigkeit durchbrochen, wer weiß … Martin sagt, dass seine Mutter früher nicht so war. Aber es ist trotzdem gut, dass er erst mal bei uns ist. Und wenn er sie vermisst, kann er ja morsen. Ob sie sich damit auskennt? Wenn nicht, muss sie es eben lernen.

Ich weiß nicht, was danach kommt. Aber jetzt ist jetzt. Und das zählt.

»Das schielende Kaninchen ist ver…!«, setzt Kamran an.

»Mpopp!«, ruft jemand dazwischen. Alle drehen sich um. Herr Friedrich steht in unserer Haustür, die schwarze Sporttasche über der Schulter.

»Mpie Paninpchen bleipen hier!«

Er stapft in seinen Gummistiefeln rüber zur Baustelle, dann sehen wir auf unserer Leinwand, wie er die Rampe runter- und auf Kamran zukommt.

»Mpie Paninpchen pfint nipft pfu perpaupfen!« Jetzt wendet er sich an den Mann im Laptop. »Epf pfupf mir leip! Alle pfon bepfahlt!«

Er öffnet die Tasche und zieht ein glitzerndes Bündel heraus, das er Kamran in die Hand drückt. Dann nimmt er ihm das schielende Kaninchen ab. Er geht er zu den anderen Kaninchen und setzt es wieder dazu.

»Mpie Paninpchen pehören unp!«, ruft er und reckt den Arm in die Höhe.

»Yeah!«, rufe ich und mache gleich mit. Ich kann einfach nicht anders.

»Jawohl!«, ruft meine Gang neben mir.

»Yippieh!« Das war Natti. Sie steht oben bei uns am Fenster und strahlt. Müde sieht sie aus, aber sie ist dabei. Das Wichtigste.

Und dann können auch die Erwachsenen nicht mehr an sich halten. Ein Arm nach dem anderen schnellt in die

Höhe, alle brechen in Jubel aus. Wenn es ginge, würden sie sich in die Arme fallen, so viel steht fest. Vielleicht würde die Nachrichtenfrau ja sogar ein Auge zudrücken.

Zwei allerdings jubeln nicht. Kamran und Ralf. Sie starren auf das Bündel in Kamrans Hand. Kamran hat es geöffnet. Darin ist ein Packen Geld. Aber das ist es gar nicht, worüber die beiden so erstaunt sind. Und plötzlich kapiere ich es. Ralf und Kamran wohl auch.

»Herr Friedrich war's!«, rufe ich.

»Sie waren das?«, fragen Ralf und Kamran fast gleichzeitig.

Die Folie, in die das Geld eingewickelt war, ist dieselbe wie die im Keller!

»Herr Friedrich war *was*?«, ruft Papa vom Fenster oben herunter.

Aber bevor ich das beantworten kann, meldet sich Cilli zu Wort.

»Also wirklich, Nikolai! So ein Anfängerfehler!«

Moment. Sie weiß Bescheid? Anfängerfehler?

»Herr Friedrich ist auch ein Agent?«, rufe ich zu ihr hoch. Ein Kichern kommt als Antwort.

»Natürlich ist er das«, sagt Martin neben mir.

»Du hast es gewusst?«

Jetzt sind alle Augen auf ihn gerichtet.

»Klar. Ich habe ihn eben beobachtet. Er kam und ging ständig mit dieser Tasche. Meistens nachts. Und manchmal auch tags. Mal war sie leicht, mal schwer. Und einmal hat er nachts was Großes auf der Schulter getragen.«

»Ich wusste es«, hören wir es leise aus dem Walkie-Talkie, das zwischen uns steht. »Der Clown wird mal ein ganz Großer. Im Gegensatz zu meinem Kollegen da.«

O ja. Das glaube ich allerdings auch.

»Warum hat er das denn gemacht?«, frage ich ins Walkie-Talkie.

»Ach, weißt du, Nikosch«, antwortet Cilli. »Manchmal tun die Menschen Dinge, die man nicht versteht. Er wollte eben helfen.«

»Und da hat er sich mit dir zusammengetan?«

»Nein. Das hat er schon früher. Wir kennen uns schon sehr lange. Der Nikolai, der hat alles von mir gelernt. Fast alles, wie es scheint. Aber eines steht fest. Er hat ein gutes Herz. Er ist nur manchmal … na ja, etwas ungeschickt im Umgang mit anderen Menschen. Aber das liegt nur daran, dass er schüchtern ist.«

Ach so?

Und dann verkündet der schüchterne Herr Friedrich, der irgendwie ganz zufrieden damit zu sein scheint, dass er aufgeflogen ist, noch, dass er immer noch Geld übrig hat. Damit kann er mehr Holz für Kamran und Ralf kaufen.

»Ump mimpfem Repft!«, ruft er. »Mimpfem Repft mprikt ihr Pfikrenpfleutrn pfapfu eppfen!«

Wieder jubeln alle. Obwohl ich vermute, dass niemand

ihn wirklich verstanden hat. Aber das macht nichts. Es wird schon alles gut werden. Ich weiß, dass diese ganze Sache eines Tages vorbei ist. Weil alles vorbeigeht. Aber selbst wenn dann was anderes kommen sollte, das uns in unsere Gegenwart reinfunkt, weiß ich auch, dass wir Kaninchen das schaffen werden.

Ich gucke mich um. Gegenüber am Fenster bewegt sich was. Martins Mutter. Sie steht da und sieht zu uns her. Und wenn das Glas nicht so spiegeln würde, könnte man meinen, dass sie lächelt.

Ich gucke zu Martin. Er lächelt ganz sicher unter seiner Maske.

Das ist ja wohl alles total schön! Apropos schön: Ich stupse Nini an und zeige zu den Bäumen neben der Baustelle.

»Siehst du?«, sage ich leise. »Sie blühen.«

ENDE

Wartet! Nein! Halt! Das ist noch nicht das Ende!

Weil plötzlich ein Schrei durch die Straße hallt.

»Aua!« Das kam von oben. Das war …

»Mama!«, rufen Nini und ich gleichzeitig.

»Alles gut, ihr zwei«, ruft Natti von oben zurück.

Und dann kommt Papa aus dem Haus. Gleichzeitig braust ein Taxi heran. Papa fuchtelt wild mit den Armen.

Als Mama und Natti plötzlich auch in der Tür auftauchen, grinst Papa uns an. »Ich glaube, der Zwerg will auch endlich sehen, was hier so los ist.« Dann hilft er Mama ins Taxi, und sie fahren mit quietschenden Reifen davon.

Das war's. Ich glaube, hier fängt eine neue Geschichte an. Die kann ich euch dann ja ein anderes Mal erzählen. Jetzt wollt ihr aber sicher noch wissen, was Martin auf die Liste geschrieben hat.

Name: Martin Scherz

Was ich brauche: Kaninchen! Kaninchen sind toll!

Was ich habe: eine Schildkröte.

Und da steht ja noch was.

Name: Nikolai Friedrich

Was ich brauche: nette Gesellschaft

Was ich habe: Zeit. Und Geld, um hungrigen Virenschleudern was zu essen zu kaufen.

ENDE – diesmal wirklich

Nachwort

Als ich *Das stumme Haus* geschrieben habe, waren wir alle wegen der Corona-Pandemie schon zwei Wochen zu Hause. Es war wie bei Nikosch, Nini und den anderen aus dem Kaninchenbau: keine Schule, keine großen Familientreffen, keine Reisen ... Trotzdem kann zumindest ich sagen, dass es mir ziemlich gut ging. Weil ich ein gemütliches Zuhause habe, weil ich mir keine Sorgen machen musste, wo und vor allem, ob ich einkaufen gehen kann, um den Kühlschrank zu füllen. Ich hatte eine Arbeit, ich war nicht allein. Es wurde zu Hause auch nicht eng. So viel Glück hatten und haben viele Menschen nicht – auch dann nicht, wenn alles normal ist.

Mir hat diese Zeit gezeigt, dass es oft gar nicht so einfach ist, das Richtige zu tun. Viele Menschen waren und sind auch immer noch nicht einverstanden damit, dass wegen der Pandemie einige Einschränkungen von der Bundesregierung beschlossen wurden. Aus ganz verschiedenen Gründen. Zum Beispiel, weil man in Vielem zurückstecken muss. Und weil es für einige Menschen auch schwierig wird zu Hause. Oder auch, weil es in unserem Gesetz steht, dass wir selbst entscheiden dürfen, wo wir uns aufhalten. Aber diese Einschränkungen bedeuten eben und vor allem auch, dass wir aufeinander aufpassen. Und wie Nikosch sagt: Oft war das Zuhausebleiben eigentlich nur die Lupe für Dinge, die schon da waren. Die man aber einfach übersehen konnte, weil es so viel Ablenkung gab.

Darum habe ich mich entschieden, diese Geschichte zu schreiben. Nicht, weil ich finde, dass das Zuhausebleiben falsch ist. Sondern, weil es vieles gibt, das anders laufen könnte. Die soziale Ungleichheit, zum Beispiel, die ja auch Nikosch und Nini zu spüren bekommen. Und weil ich fest daran glaube, dass es möglich ist, etwas daran zu ändern. Wenn wir nur alle genau hinsehen. Und aufeinander achtgeben – wie die Kaninchen.

A wie Adler – B wie Beute

Jannik und Loni sind beste Freunde. Zusammen mit den anderen Kindern aus der Straße erleben sie die genialsten Abenteuer. Die Geschichten dafür gibt Bo vor, Janniks älterer Bruder. Doch irgendwann verändern sich ihre Spiele, denn Bo erfindet immer neue Regeln. Eine davon lautet: Loni ist anders. Und das nur, weil ihre Mutter aus Kenia kommt. Jannik muss sich entscheiden, was ihm wichtiger ist – dazuzugehören, oder Loni als Freundin nicht zu verlieren.

Uticha Marmon
Als wir Adler wurden
224 Seiten, gebunden

Weitere Informationen zum Kinder- und Jugendbuchprogramm der S. Fischer Verlage finden sich auf *www.fischerverlage.de*

AZ 7373-5707/1